诺拉的 2082

[挪威]乔斯坦·贾德 著

刘勇军 译

SPM 新世纪出版社
南方传媒 广州

图书在版编目（CIP）数据

诺拉的 2082 /（挪威）乔斯坦·贾德著；刘勇军译. —
广州：新世纪出版社，2023.9
ISBN 978-7-5583-3970-7

Ⅰ.①诺… Ⅱ.①乔…②刘… Ⅲ.①长篇小说—挪威—现代 Ⅳ.①I533.45

中国国家版本馆 CIP 数据核字 (2023) 第 139697 号

广东省版权局著作权合同登记号　图字：19-2023-180 号

Anna: En Fabel om Klodens Klima og Miljø by Jostein Gaarder
Copyright © 2013 H. Aschehoug & Co (W. Nygaard), Oslo
Published by arrangement with Oslo Literary Agency
through Bardon-Chinese Media Agency
Simplified Chinese translation copyright © 2023
by Beijing Xiron Culture Group Co., Ltd.
All rights reserved.

出 版 人：陈少波	责任编辑：杨涵丽
责任校对：李　丹	责任技编：王　维
封面设计：柳木卯	装帧设计：胜杰文化

诺拉的 2082
NUOLA DE 2082

［挪威］乔斯坦·贾德　著　刘勇军　译

出版发行：SPM 南方传媒｜新世纪出版社（广州市越秀区大沙头四马路 12 号 2 号楼）
经销：全国新华书店
印刷：嘉业印刷（天津）有限公司
开本：880 mm×1230 mm　1/32
印张：6.5
字数：122 千
版次：2023 年 9 月第 1 版
印次：2023 年 9 月第 1 次印刷
定价：35.00 元

版权所有，侵权必究。
如发现图书质量问题，可联系调换。
质量监督电话：020-83797655　购书咨询电话：010-65541379

目 录

乘雪橇，过新年
001

本杰明医生
006

终端机
021

蓝　光
029

曾祖母
032

红盒子
040

雨　伞
050

石　油
053

骆　驼
057

档　案
060

骆驼队 066	濒危物种红色名录 070
冬　夜 077	世界遗产 081
气　球 088	游泳池 091
郁金香 095	车钥匙 098
小　径 103	山间农场 106
气候配额 111	一次新的机会 114
白色展览车 122	青　蛙 125

绿色的自动售货机 130	**游戏化** 133
美丽的周末度假屋 147	**阿拉丁的戒指** 150
国际气候法庭 157	**滑雪手套** 160
动物园 163	**身份认同** 166
地　球 170	**屏幕上的信** 173
逻辑上的漏洞 181	**曾祖父** 184
村　庄 191	**埃斯特** 194

乘雪橇，过新年

从诺拉记事起，村里的人家就要在新年前夕乘坐雪橇去山上的牧场。

为了迎接这一夜，人们会提前把马儿刷洗得干干净净，还给它们精心打扮一番。雪橇上装饰着铃铛，插着点燃的火把，在黑暗中疾驰。有时，会有人开着压雪机先去探路，以免马匹陷在松散的雪地里。新年前夕，他们上山时不用滑雪板，也不骑雪地摩托，而是坐马拉的雪橇。过圣诞节的确是奇妙的体验，但乘雪橇进入山区草甸，才是真正的冬季冒险。

新年前夕是个特殊的时刻。平时的规矩通通被人抛到了脑后，大家想与谁相处，就与谁相处。那一晚，他们告别过去的一载，迎接新的一年，跨过那条过去和未来之间的无形的边界。大家一起高呼：新年快乐！刚刚过去的一年，谢谢你！

诺拉对每年的这个时节情有独钟。但她说不清自己最喜欢的是乘雪橇一路上山辞旧迎新的旅程，还是下山时紧紧裹着毯子，钻进妈妈、爸爸或邻居温暖的怀抱里的体验。

但在诺拉10岁这年的新年前夜，山上山下都没有下雪。

长久以来，冰霜把这座乡村牢牢地攥在自己冰冷的手指之间，然而，这一年除了零星的小片积雪之外，还从未有过大雪封山的时候。就连高山也光秃秃地暴露在无垠的天空下，就像被人夺去了它的寒冬斗篷。

大人们嘟囔着什么"全球变暖""气候变化"，诺拉记下了这些新词。自打出生以来，她还是第一次感到这个世界混乱成一片。

但无论如何，他们都必须上山，哪怕只能坐拖拉机。而且，他们必须白天去，高原上没有雪，晚上一片漆黑，伸手不见五指。即使点火把也没什么用，再说了，火把绑在拖拉机和拖车上，看起来怪傻的。

就这样，五辆带拖斗的拖拉机载着美味的食物和饮料，缓缓地在白桦树间蜿蜒前行。不论下雪与否，他们都要举杯庆祝新年，也许还会在冰冻的草地上玩游戏。

这年圣诞节，无雪并不是唯一的话题。节日期间，有人看到农场边上有驯鹿出没，人们开玩笑说圣诞老人只顾着沿各家的屋顶送礼物，忘记把驯鹿带走了。

诺拉觉得这事儿挺可怕的，叫人不安。一直以来都不曾有驯鹿进村，但现在，诺拉竟然看到报纸上刊登了照片，拍摄的是农民在喂一只受了惊吓的可怜动物，图片下配的说明是：野生驯鹿惊现山村。

这一年最后的那天，拖拉机队伍出发了，诺拉和其他几个孩子坐在第一辆拖拉机里。拖拉机向山上驶去，越往上，冰冻的原野越显得凝滞。也就是说，霜冻前一定下过雨，雨水都冻成了冰，严寒把一切都冻得结结实实。

路边的一具动物尸体进入了他们的视线，所有的拖拉机都停了下来。那是一只冻僵了的驯鹿，整个身体都被冻得硬邦邦的，有人说它是饿死的。

起初，诺拉不太明白为什么会这样。但后来他们到了山上，她看到整片区域都被冻住了。没有一颗鹅卵石，也没有一株植物能够摆脱坚硬的冻冰。

在布雷亚湖畔，五辆拖拉机又停了下来。这一次，司机们都把车熄了火。照他们判断，湖水冻得很结实、很安全，于是，大人、孩子，所有人都奔向了冰封的湖面。湖冰晶莹透亮，他们发现竟能看到鳟鱼在脚下游动，都兴奋地欢呼起来。

接着，球呀，曲棍球棒呀，平底雪橇呀，都被带到了冰上。但诺拉没有兴致，只是独自沿着湖岸而行，端详着这片冰冻的荒原。在薄薄的冰层下面，她看到了苔藓、地衣、岩高兰、熊果和一些深红色的叶子。她仿佛走进了一个更为珍奇、更为精致的世界。很快，诺拉的目光落在一只死老鼠身上……接着，她又发现了另一只。在一棵矮小的桦树下，她看到了一只死去的旅鼠。诺拉明白这意味着什么了，刺激的探险氛围一下子就被破坏殆尽。她知道，老鼠和旅鼠通常藏在灌木丛和矮树丛之间柔软的雪毯下面过冬。但没有积雪，老鼠和旅鼠的日子就很难过了。

现在诺拉清楚地知道驯鹿为什么迷路，为什么会游荡到低地了。那和圣诞老人没有半点儿关系。

本杰明医生

6年后,诺拉和父母一起坐在家中的旧木屋里。外面,天已经黑了好几个小时,诺拉的父亲点亮了壁炉和窗台上的所有蜡烛。这一天是12月10日,再过两天,就是诺拉的16岁生日。

她的父母坐在沙发上,正在看一部关于太平洋的电影,一个有关海战的冒险故事。也许他们看的不是电影,而是一部纪录片,一个18世纪时带有传奇色彩的船长的航海故事?诺拉也说不清是什么,她并没有真正看懂。

她坐在餐桌旁,不时将目光瞥向电视屏幕上闪烁的太平洋。她手里拿着一把大剪刀,正在剪旧报纸上的文章。

今年8月,诺拉上了高中。在新学校待了几天后,她认识了比她高一年级的乔纳斯。他们很快就成了好朋友,有一阵儿,他们常常形影不离。

诺拉捧着一大杯茶,伏在那里看着剪报。想到生活居然会出现如此突然的变化,她忍不住笑了。

但对于今天发生的事情,诺拉早已做好了准备,毕竟,她已经16岁了。今天,她终于拿到了曾祖母的姐姐苏妮娃的那枚古老的戒指。她早就知道自己会在16岁生日那天继承这份遗产，不过母亲明天一大早要去开会，戒指便在今天提早到了她手里。他们一家吃了一顿生日大餐，母亲还去面包店买回了一个插着红玫瑰的杏仁蛋糕。饭后，父母从一个旧珠宝匣里取出了那枚红宝石戒指，送给了诺拉。那天晚上剩下的时间里，她一直戴着戒指，即使在剪报纸时，她的目光也无法从戒指上移开。

那枚戒指已有100多年的历史了，还有人说有好几百年之久，围绕着这件传家宝发生过很多激动人心的故事。

此外，她还得到了一部她心心念念的智能手机。现在，她只要触摸一下屏幕，就可以上网。但比起戒指，手机简直不值一提。

诺拉得到了这枚戒指，在那一年还算不上最不寻常的事。最不寻常的是她10月去奥斯陆的那次经历，原因是某种早在年初就使诺拉感到有些不安的东西。

从诺拉很小的时候起，就有人说她想象力丰富。每当有人问她在想什么，她总能滔滔不绝地讲出一长串故事，大家都觉得这是好事。但今年春天，诺拉开始相信这些故事中有些是真的。她有一种感觉，那些故事是有人送进她的脑海里的，也许来自另一个时代，甚至来自另一个现实世界。

最后，在父母的劝说下，诺拉同意和心理医生聊一聊。

几次治疗后，那位心理医生向诺拉推荐了奥斯陆的一位精神科医生，让她去那里做检查。诺拉并不介意。她想，这没什么可难为情的。事实上，她反倒觉得自己很特别。

但是她有一个条件：父母不能陪同。乔纳斯提出自己陪她去，诺拉的父母则坚持夫妇俩中必须有一个陪她前往。于是他们都退让了一步：乔纳斯可以去，但她母亲也得去，只是要坐在另一节火车车厢里。

于是，他们三个人来到了里克斯医院，去见诺拉预约的精神科医生。不过，乔纳斯和诺拉的母亲不能陪同诺拉进诊疗室，至少一开始不行。诺拉看得出，母亲为此有些闷闷不乐，好像忍受着某种挫败感似的。母亲非常想陪着诺拉，但医生不同意，便只好和乔纳斯一起坐在外面等着。

一见到本杰明医生，诺拉就喜欢上了他。他50多岁，灰白的长发扎成了一个马尾，一个耳垂上戴着一颗紫罗兰色的小星星，黑色的西装前胸口袋里别着一支红色软芯墨水笔。他目不转睛地注视着她，眼睛里闪烁着顽皮的光芒。

她还能清楚地记得他说的第一句话。他们先是握了手，他把门关上后便告诉她，幸运女神在对他们微笑，后面的预约被取消了，现在他们有的是时间。

阳光倾洒进白色的诊室，诺拉望着窗外树上红黄相间的叶子。在谈话的过程中，她看见一只松鼠在松树上跑来跑去。

"那是欧亚红松鼠,也是最为常见的松鼠。"她说,"但在英国,欧亚红松鼠已经很少了。灰松鼠把它们都杀死了。"

本杰明医生惊讶地看着她,诺拉不知道是不是自己的话让他深感意外。当他转过身去看松鼠的时候,诺拉留意到他的桌上有一张镶在红色相框里的照片。照片里是一个美丽的女人。这是他的女儿,还是他的妻子?诺拉正想问他,但他已经转过身子,影子正好落在照片上,她就没有开口。

当然,她也想知道精神科检查到底是什么样的。很难想象一个精神科医生要怎么看懂她脑袋里在想什么,但她估摸他会先用一种特殊的仪器检查她的眼睛。毕竟,眼睛是心灵的窗户。她觉得他还有可能通过耳朵、鼻子或嘴巴检查她的大脑,毕竟他受过专门的医学训练,和注重学术研究的心理学家不一样。她不确定自己是否真的相信医生会这么做,但她就是忍不住这么想,仿佛胶片正在她的脑海中播放。她真怕医生给她催眠,将她脑海里的秘密都挖出来。诺拉不喜欢失控,不愿泄露心底所有的秘密。现在,他大概要把某种工具应用到她身上了。

但接下来,他们只是聊天而已。本杰明医生问了她很多有趣的问题,这些对话有意思极了,于是诺拉的胆子大了起来,甚至也问了他许多问题。比如说,那医生自己的情况怎么样呢?他的脑海里有没有突然冒出过奇怪的故事?他有没有梦到过自己变成了另一个人?他做过的梦有没有变成真的？

最后，本杰明医生简要地总结了他们的谈话。

"诺拉，"他说，"在你身上，我看不出有任何迹象能表明你生病了。你具有独特的、非同寻常的想象力，有一种很不可思议的能力，能想象出自己没经历过的事。也许有时这会让你感到不知所措，但你没有病。"

诺拉也不觉得自己有什么问题。她确信自己没病。但她还是觉得有必要提醒医生，有时她会相信自己的幻想是真实的。她解释说，她会感觉到她所想象的东西似乎来自外部，而不是自己的内心。

本杰明医生沉思着，点了点头。

"我想我懂你的意思了。"他说，"你的想象力太丰富了，甚至到了难以控制的地步。你不敢相信这一切都是你自己编造出来的。但想象力是每个人或多或少都拥有的一种能力，只是有的人多一些，有的人少一些而已。每个人都拥有属于自己的梦中世界，然而，不是每个人都能记得自己前一天晚上做了什么梦。你在这方面似乎有一种罕见的天赋，你能把自己晚上梦见的事情带到白天……"

现在，诺拉有意识地亮出了所有的底牌："但我还是觉得这些梦来自另一个世界，或者说，来自另一个时代。"

本杰明医生又点了点头："坚持自己的信念是一种能力，这种能力深藏于我们的天性中。我们人类一向觉得自己在接触超自然力量，比如我们的祖先。有些人声称他们亲眼看到过这些人物，甚至与他们有过交集。比起其他人来，有些人更愿意心怀信仰。每个人都是不同的。有些人在国际象棋或心算方面无人能敌，还有些人或是想象力丰富，或是有着坚定的信念，而在这两个方面，诺拉·尼鲁德一定属于后者！"

诺拉又向窗外望了一眼，阳光在生机勃勃的秋叶间嬉戏。

"倘若你相信自家花园里所有的蜜蜂都是由中央情报局控制的，它们在自家周围飞来飞去是在监视你，那你也许就有严重的精神疾病……"

"你怎么知道我家有花园？"她打断了本杰明医生的话。

"你看过的那位心理医生在报告上说，你告诉过她，你不想在自家花园里遇到驯鹿。"

诺拉大笑起来："关于驯鹿的事情，那位心理医生理解错了。不过我家有一个花园是真的，我喜欢那个花园，也喜欢蜜蜂……"

"真的吗？"

"蜜蜂是大自然的一部分，就像你和我一样。很显然，控制它们的不是中央情报局，而是基因。此外，我还觉得它们就像指示器，能够向我们显示出地球的健康状况。"

"与我的看法完全一致。"扎着马尾辫的医生说道，"关于这个问题，我们下次见面时再谈。你对我说的这些话并不疯狂，也不是我们精神科医生所说的'奇怪的想法'，这根本没有什么大不了的。"

在谈话的过程中,本杰明医生偶尔瞥一眼电脑屏幕。现在他又在这么做,诺拉意识到他可能在看她看过的那位乡村心理医生出具的报告。

"你有没有害怕的事,诺拉?"

她不假思索地回答道:"全球变暖。"

本杰明医生吃了一惊。他显然是一位经验丰富的医生,却还是对她的回答感到意外。

"你说什么?"

"我的意思是,人类造成的气候变化使我感到恐惧。我担心我们正在破坏气候和环境,丝毫不顾及我们的后代。"

本杰明医生停顿了几秒钟,回答道:"这种担心是有根据的,但很遗憾,我帮不了你。假如你说你怕蜘蛛,那就是另外一回事了。那种情况就是我们所说的恐惧症,我们会让病人接触他们害怕的东西,用这样的方式帮他们脱离恐惧。但我们治不好你对全球变暖的恐惧。"

她看着本杰明医生的眼睛,然后,目光转向他耳垂上的星星。

"你知道10年来我们向大气中排放了多少亿吨二氧化碳吗?"

让诺拉讶异的是,本杰明医生立即给出了回答:"我认为,和我们真正开始燃烧石油、煤炭、天然气,砍伐森林并从事密集农业的过去相比,现在大气中的二氧化碳多出了40%。这个数字太高了,而在此之前的60多万年里,二氧化碳的浓度并不高,由此可见,问题是人类造成的。"

诺拉简直对他另眼相看,这个问题很多人根本回答不上来。"现在排放的二氧化碳太多了,"她说,"没人能预测将产生什么样的后果。而且,排放问题越来越严重……"

本杰明医生身体前倾,手掌放在桌子上。他低下头凝视一两秒钟后,又抬头看着她。他的样子有些微微发愣。

"虽然和我的工作无关,但我还是要告诉你,我和你一样担心碳排放。当然,人们应该问问自己,这对生活在地球上的生命来说还会产生什么严重的后果。不过,仔细想想,也许这确实与精神病学有关……"

就在本杰明医生短暂犹豫的瞬间,诺拉说:"请继续讲下去。我在听。"

"有时我会问自己,我们所处的文化是否在有意掩盖基本的事实。你明白我的意思吗?"

"我想是的。人总是会忘记不愉快的事。"

"我就是这个意思。"

这时,一个念头突然出现在诺拉的脑海里。她不知道这个想法是怎么来的,它仿佛是从另一个世界突然而至。她不由自主地说:"如果我告诉你我害怕阿拉伯人,你会怎么说?"

他咯咯地笑了:"那我建议你多和阿拉伯人相处。我相信,这是最有效的治疗方法。"

"听起来很有道理……"

"不过,正如我刚才说的那样,我们可治不了病人对全球变暖的恐惧,人们对这个问题不够关心。所以我想,关键在于我们应该想办法让人们多关心一下这个问题,这难道不会更好吗?显然,我们不应该任由自己逐渐习惯这种威胁,而是必须加以解决。"

本杰明医生从一开始就像对待成年人一样和她说话,对此,诺拉非常高兴。他在以平等的身份与她交流。即便如此,当他问她有没有加入环保组织时,她还是吃了一惊。她想不到在医生的诊室里会被问到这样一个问题。可毕竟,话题是她自己提出来的。

诺拉回答说,在自己居住的地方还没有这样的组织。在那儿,人们的生活里只有上学和上班,摆弄汽车和摩托车,周末关心的当然是派对和狂欢。

"和你一起来的年轻人是你哥哥吗?"

"不,他叫乔纳斯,只是我的朋友。"诺拉笑起来。

她觉得这个说法听起来很酷。

本杰明医生和她一起笑了。

"乔纳斯和你一样对环保感兴趣吗?"

她说:"他比我高一年级,主修物理、化学和生物。他还在了解这个世界。"

"当然。"

"全球变暖不再只是一个见仁见智的问题。人们要么已经达成共识,要么对此毫无所知。"

"我同意你的看法,诺拉。令我感到吃惊的是,很少有人知道这些。哪怕只有不到1%的人能解释清楚什么是碳平衡,我也不会感到奇怪。"

诺拉越来越喜欢这位本杰明医生了。关于这类复杂的东西,她也是最近才和乔纳斯讨论过,因此她很熟悉,她还曾写过一篇关于全球变暖的家庭作业。

"你竟然知道这个?"她调皮地问道,"我是说,你能解释一下什么是碳平衡吗?"

事实上,本杰明医生正试图加以解释,与此同时,他关闭了电脑,把桌上的文件整理好后,转头面对诺拉。他首先解释了碳循环。植物从大气中吸收二氧化碳,在水的参与下通过光合作用释放出氧气。当动物呼吸或有机物分解时,二氧化碳就会被释放到空气中。所谓碳平衡,是指火山爆发时释放到大气中的二氧化碳量,与被风雨分解并成为地壳一部分的二氧化碳量之间的微妙平衡。这种平衡持续了几十万年。在以前,人类对这种循环不会产生任何影响,因此对它并不在意。

他继续说:"石油、煤炭和天然气都是化石燃料,所有储存在这些燃料中的碳在数百万年间一直'搁置'着,退出了这个循环。但这种微妙的平衡……"

诺拉接着他的话,往下说:"人类通过燃烧石油、煤炭和天然气向大气排放了大量的二氧化碳,打破了这种微妙的平衡。"

"这正是我要说的。尽管人类活动释放的二氧化碳只占自然循环中二氧化碳量的一小部分,但这部分过量的二氧化碳无法储存在地壳中。于是,大气中的二氧化碳就越来越多了。"

"而且是在逐渐累积。"诺拉说道。

"正是。你和我一样清楚这一切。每天吃的热量超过身体所需,人就会发胖。大气中的二氧化碳也是这个道理。"

"所以地球就开始变暖。地球大气中的二氧化碳越多,温度就越高。冰融化了,冰川也融化了,这就更糟了。因为雪和冰会反射更多的阳光并积累更多的热量,海洋和山脉则不会,地球变暖的问题就更严重了……"

"你说的完全正确。这就是我们所说的强化反馈。"

"……这可能导致苔原冰雪融化,由此,甲烷和二氧化碳就会被释放到大气中。甲烷也是一种破坏力很大的温室气体,这就导致了地球持续升温。随着大气中的蒸汽越来越多,温度也就变得越来越高。现在轮到格陵兰岛的冰川融化,接下来可能就是南极了……"

本杰明医生举起一只手,诺拉意识到他这是在示意自己就此打住,但她不想让这个分享看法的机会溜走:"温室效应很可能失控,最糟糕的后果是全球气温上升 6 到 8 摄氏度。到那时,地球上所有的冰都将融化,海平面会上升几十米……挪威神话中有一个词正好可以用来形容那时地球的情况,就是'世界末日'。"

本杰明医生起身道别,准备送诺拉出去。但在开门前,他说:"也许你和乔纳斯应该在村子里成立一个环保小组。那是最好的办法。作为一名精神科医生,我很清楚,一直烦恼忧虑对健康无益。所以,我给你的建议是,把这种恐惧从心里释放出去。加油,动手去干吧。"

他翻了翻口袋,递给诺拉一张名片。

"有什么想谈的,就给我打电话,发邮件也行。我现在一个人住,你什么时候打电话都没有关系。"

他们走进候诊室,态度和蔼的本杰明医生与诺拉的母亲和乔纳斯握手。他看着他们的眼睛,说:"非常感谢你们,让我能够与诺拉进行这次谈话。请相信我,她是一个能鼓舞人心的人,有她每天陪在身边,你们真幸运。"

诺拉的母亲听得一头雾水,还稀里糊涂地行了个屈膝礼。后来,当他们乘坐开往奥斯陆车站的电车时,母亲问诺拉,精神科医生的耳朵上为什么会戴着一颗星星——好像诺拉能知道似的。母亲和乔纳斯并不知道她和本杰明医生谈了些什么,于是诺拉编了一个故事:"他耳垂上有一颗星星,是因为他意识到我们正生活在太空中一颗脆弱的行星上,那颗星会引导他向宇宙中的另一颗星飞去。并不是每个人都能意识到这一点,只有深谙这一道理的人,才可以在耳朵上佩戴这样一颗紫罗兰色的星星。"

乔纳斯和她母亲都目瞪口呆地看着她。诺拉补充道："显然，一个成年男子只有在认为行星上的生活很重要时，才有资格在耳朵上戴一颗星星。"

母亲乘下午的火车回家了，诺拉和乔纳斯则留在了奥斯陆，一起在街上散步。他们去了弗鲁格纳公园和阿克尔码头，还参观了格兰森的生态学中心，那里是挪威许多环境保护组织的总部。当晚，他们在回家的火车上制订了计划，打算成立一个环保小组。对此，乔纳斯也很高兴。

他负责招募成员。这是诺拉的建议，她知道乔纳斯是学校里最受欢迎的男孩子。乔纳斯也认为自己轻而易举就能招来几个成员。他笑着说："可是，这个小组也不应该是清一色的女孩子。"

"当然不是。如果你招来几个有吸引力的女孩子，感兴趣的男孩子就会不招自来。"

诺拉的任务是提供信息。正因为如此，此时此刻，在离她生日还有两天的时候，她仍然在桌旁收集剪报。最近有很多关于气候变化的新闻，比如，在卡塔尔举行的气候大会成效甚微，以失败告终。

诺拉放下剪刀，坐到电视机前的父母旁边。影片中，库克船长在田园诗般的塔希提岛观测"金星凌日"。所谓"金星凌日"，就是金星在太阳前面经过，这是一种罕见的现象，每隔100年才可能出现一次。在库克船长的时代，能在多个地方观测金星凌日这一点非常重要，只有这样，天文学家才有可能计算出太阳系的实际大小。

一位英国船长前往一个充满异域风情的太平洋小岛，去计算地球与一颗以爱之女神①的名字命名的行星之间的距离，可谓浪漫至极。但从这部电影看来，船长和他的船员们更关注岛上的女人，醉心于世俗的浪漫。

音乐渐渐停止，演员表开始滚动。接下来播出的是晚间新闻：欧盟（欧洲联盟）获得了诺贝尔和平奖，21个国家的政府首脑在奥斯陆齐聚一堂；一名挪威援助工作者在某两国交界处遭遇劫持，沦为人质。她叫埃斯特·安东森，在世界粮食计划署工作。

诺拉向父母道晚安后回了房间。明天不上学，今晚她不用设闹钟，但她答应一醒来就会给乔纳斯打电话。

这是一个特别的日子。她继承了苏妮娃的戒指，得到了一部会引起半个学校学生羡慕的手机，还把能找到的气候方面的新闻都剪了下来。而且，后天她就满16岁了！

诺拉急切地想知道自己将会进入怎样的梦境。她知道自己一睡着，就会进入另一个真实的世界，并在那里重新发现自己。

---

① 爱之女神，即维纳斯（Venus），金星的英文名与之相同。本书注释均为译者注。

终端机

诺拉睁开眼睛，现在的她名叫诺娃。眼前的一切都迥然不同，焕然一新。

她从床上坐起来，一道强光照得她睁不开眼。她伸手去抓，那道光却变得更亮了。上方的屏幕显示这一天是2082年12月12日星期六。

她模糊地发现自己睡觉的房间墙壁是血红色的，一扇窄窗从木地板一直延伸到阁楼斜顶——也就是房间里倾斜的天花板上，雨点噼里啪啦地打在窗玻璃上。

终端机嘀嘀响了一声，一只小猴子的图片出现在了屏幕上，它的两只眼睛像茶托一样溜圆。又有一种灵长类动物被宣告灭绝了。南美棉顶狨猴的栖息地都已烧毁、干涸，已经在野外消失很久了。这个物种的最后一个个体一直由人工驯养，现在它也死了。又一个悲剧，真叫人难过。

机器又响了。又有一种动物灭绝了，它同样来自南美洲，是一种鬣蜥。

诺娃能感觉到自己的脸颊滚烫，但她无能为力。那台机器又响了，一张羚羊图片显现出来。就在这一刻，国际自然保护联盟宣布这个物种灭绝。在整整一代人的时间里，都没有人在那个曾被称为非洲大草原的地方看到过成群的羚羊、角马或长颈鹿。现在,食草动物消失了,食肉动物也随之消失了。尽管有些物种在动物园里存活了下来,但现在也濒临灭绝。

她在很久以前就安装了"消失物种"的应用程序。当然,她只要按一下,就可以将其卸载。但她认为自己有责任关注地球上有哪些物种灭绝了,又有哪些栖息地消失了。她很生气,简直是怒不可遏,却又无能为力……

这场大规模的动植物灭绝,最重要的原因在于全球变暖。早在几十年前,这个问题就失控了。在仅仅100年前,这颗星球还非常美丽。但在本世纪,地球失去了自身的魔力。世界再也不是以前的样子了。人类已经停止排放二氧化碳很多年了,可惜温室气体一旦排放,就再也无法回收。地球经历了几次拐点后,全球变暖已不再由人类驱动,而成了地球的自主活动。

她触摸屏幕,进入"全球监控"的应用程序。她可以用终端机作为遥控器,把图像投射到屋顶上。诺娃坐起来,审视着自己居住的星球。

北极的天气怎么样了?她抬头望着闪亮而蔚蓝的北冰洋,蓝色的光线弥漫在整个房间里。目之所及,一块冰都没有,也没有一丝微风。只有海面上的涟漪表明这是现场直播。她看到了装有摄像头的那个小浮标。人们已经有几十年没在野外见过北极熊了，只在动物园里还有几头。

太平洋和印度洋的情况呢？许多古老的珊瑚岛已经沉入水底，很多国家被淹没。只有一枚枚浮标标记着曾经的陆地。一些遗址上有漂浮的标志，上面写着它曾经的名字。在清莹澄澈的水中，诺娃看到水下一米处有许多象牙色的建筑，那是古老的寺庙、清真寺和教堂。那是一个个淹没的文明，昨日世界的异域天堂。

西伯利亚苔原怎么样了呢？那里沸腾着，不断冒着气泡。她选择观看以前去过的一些地方，盯着薄如轻纱般的投影图，想象着沼泽地里喷涌而出的甲烷气体。他们说，那里的温度越来越高了。

她触摸屏幕，调出最新的卫星图片。地球缓慢地旋转着。比起几年前，难道现在的大陆没有变小？难道没有更多沿海城镇被淹没？格陵兰岛和南极的冰川肯定比去年更少了。

她的家乡，她住的地方怎么样了？她找出了哈当厄高原的图像。虽然时间已经处于年终岁末，但桦树上依然挂着叶子。在树梢上方，海鸥和乌鸦振翅飞翔。她放大图像，好看清荒原和森林的地面。林间有一只田鼠，一只红狐突然出现，伸出爪子按住了那只田鼠。

大自然留下了一些东西，但那不过是富人餐桌上的面包屑而已。她眼前的景物十分美好，但她不会因此而被蒙骗。她有权生活在完整无缺的自然中，这自然不能像瑞士奶酪那样千疮百孔。

她决定了，在这一天剩下的时间里，她只看本世纪初的照片和影像。只用了几秒钟，过滤器就设置好了。她输入2012年12月12日作为截止日期。从现在起，她只下载这个日期前上传的页面。在这一天剩下的时间里，她可以好好欣赏2012年12月12日前的地球图像了。当时，世界上的有些建筑堪称美轮美奂。她关掉了国际自然保护联盟的应用程序，准备第二天早上再激活，因为她不允许那个应用程序在自己不知情的情况下，宣布有哪些软体动物或哪种堇菜灭绝了。选择2012年12月12日作为截止日并非巧合，她知道，就是在这个时间前后，地球的生态系统真正开始了崩溃。而那天，是她曾祖母的16岁生日。

她搜索了资料库，首先开始观察类人猿。诺娃一看到倭黑猩猩的视频，就高兴了起来。它们是那么有趣，以至于她忍不住发笑。它们明明是动物，却那么像人！它们还有自己的个性。灌木丛中的猩猩宝宝就像人类孩子一样玩耍着。想想看，就在几年前，这些有趣的生物还在地球上漫步！接着，她看了大猩猩的影像。它们是联结人类与大自然其他动物之间的桥梁。那些大猩猩看起来很痛苦，也许是因为在某种程度上，它们知道自己即将被淘汰。现在它们真的彻底消失了，再也回不来了。她又看了两三个关于红毛猩猩的短片，它们来自加里曼丹岛和苏门答腊岛。一只雌性红毛猩猩正在喂它的孩子，那只猩猩宝宝看起来像一个健康活泼的婴儿，但它也许就是在野外出生的最后一只红毛猩猩……

诺娃的曾祖母在年轻时可能看过相同的视频,毕竟这些影片是在她那个时代制作的,最后则被收入了档案馆。但是,曾祖母曾跟那些真正在非洲游猎过、亲眼见过野生猿猴的人说过话。再也不会有这样的事了。除了在动物园里,人类再也看不到活的黑猩猩或大猩猩。诺拉那一代是最后一代有如此好运的人。

她继续看短片。有成千上万的优秀作品可供选择,这让她深感安慰。她选择了一部由戴维·阿滕伯勒为英国广播公司(BBC)拍摄的电影。诺娃睁大眼睛坐在那里,凝视着那个昨日世界的壮美图像。

她看到珊瑚礁周围聚拢了大群的生物,真是美得难以描绘!那里有软体动物、龙虾和海草,还有海龟和五颜六色的鱼。但诺娃难过地意识到,她在床铺上方的这个屏幕上看到的一切,如今都不复存在了。现在没有珊瑚礁,也没有色彩鲜艳的鱼群。海水的酸度太高了,在100多年的时间里,大海被迫吞下了亿万吨的二氧化碳。这就像有个恶魔被释放了出来,它决定毁灭一切,还诅咒着:够了!一定要消灭所有这些美丽的物种!

她再次抬头,看着屏幕上的亚马孙热带雨林,现在那里是世界上最大的热带草原。然后,她看了一部关于蝴蝶的老电影。蝴蝶身上华丽的图案美得令诺娃震惊——因为她非常清楚,现在大多数蝴蝶只能以电子图片形式存在。

以前,不可能在屏幕上看到这么多生物。以前,地球上的生物也从未这么少过。

她阅读了本世纪初人们在报纸和网络上发表的文章。文字、图片和音乐,所有的一切都还在。其中一篇文章写道:"我们传给下一代的世界,不能比我们继承的更为匮乏……"唉!她点击查看另一篇文章:"我能想象我们的孙辈和曾孙辈的痛苦,他们被剥夺了天然气和石油,以及多种多样的生物……"

她摇摇头。当时有关环境的警示并不缺乏。

她想知道曾祖母年轻时是否写过这样的文章。只要诺娃想找,设置好过滤器,曾祖母在16岁前写过的东西就一定能找到。她输入诺拉·尼鲁德,并开始搜索。试了几个搜索引擎后,她最终得到了同一个结果。那是一封信,而且——信是写给诺娃的!

"亲爱的诺娃:"信的抬头这样写道。在一阵短暂的吃惊过后,她接着读起来:"我不能想象,当你读到这封信时,世界已经变成了什么样子。但是你知道……"

这怎么可能?这封信的日期是2012年12月11日,也就是曾祖母16岁生日的前一天。但是,过了半个世纪后诺娃才出生,曾祖母怎么可能在那时给她写了这封信呢?

诺娃核对了一下搜索日期。还是和之前一样,终端机只会显示 2012 年 12 月 12 日前所写的内容。

曾祖母怎么知道自己会有一个叫诺娃的曾孙女?难道她有特异功能?

这特异功能,现在是不是仍在起效?

诺娃从床上起来,穿过房间。她把屏幕关掉后,播放起了一段音频,它也是在世纪之交制作的。

一个男人的声音说道:"……从 18 世纪末开始,化石燃料便如同《阿拉丁神灯》中的灯神,一直在诱惑我们。'放我出来吧。'碳低声说。我们受不住诱惑,屈服于它。现在,我们正试图迫使灯神回到神灯里。"

雨点敲打着窗户。诺娃坐在房间里倾斜的天花板下,伸长脖子向外面看。透过倾盆大雨,她只能猜想大街上的情况。很久以前,那儿有一个加油站,水泥和生锈的钢筋仍然立在那里。现在,几乎没有汽车经过,但阿拉伯人的商队仍然骑着骆驼在这片土地上游走。一些地区已经不再适合人类居住,成千上万的民众受气候影响,正在向北迁移,然后定居在挪威的西北海岸。

诺娃蹲下来,把脸贴在窗户玻璃上。现在她看得更清楚了。下面,一小群人站在雨中,他们旁边是三只驮着货物的骆驼。有烟从一堆篝火上冉冉升起……

蓝　光

警笛声大作，诺拉在梦中惊醒。她睁开惺忪的睡眼，看见大街上闪烁的蓝光射入她的房间。但是她不想醒来，她不允许自己现在就被叫醒——她的梦很重要，她必须回去，把问题梳理清楚……

这不是她第一次被警笛声吵醒了。几个礼拜前，乔纳斯在儿童房过了一夜。房间的沙发上堆满了靠枕，那些靠枕上绣了许多童话故事的场景，都出自苏妮娃之手。在诺拉很小的时候，父母会给她讲那些童话故事。她听完，便把自己想象成小小的刺绣人物，表演他们的故事，过着他们的生活。

但就在乔纳斯在诺拉家过夜的那天夜里，一家人都被呼啸的警笛声吵醒了。警车并没有飞驰而过，而是在下面的街道上停了下来。诺拉和乔纳斯根本不需要叫醒对方，他们不约而同地爬起来，一起跑下楼梯，甚至在楼道里几乎撞到一起，然后一起冲到外面。几秒钟后，诺拉的父母也奔下了楼梯。

又有很多车辆从山谷两边开了过来，有警车，有救护车，还有消防车。借着明亮闪烁的蓝光，他们看到湿滑的路上有一辆翻倒的油罐车。警察已经开始封锁这片区域,他们走到那附近时,被警察拦住了。后来,他们听说,翻倒的油罐车里装了数千升汽油,时刻有发生爆炸和火灾的危险,情况非常危急。警察朝他们大叫:"后退!老天,都回去吧!"与此同时,消防队员已经给油罐车喷了一层泡沫。

于是,诺拉、乔纳斯和她的父母转过身,慢慢地往回走。他们又站在自家的花园里看了一会儿,接着,诺拉和乔纳斯一起坐在厨房里听收音机,母亲做了热巧克力,父亲坐在壁炉前抽烟斗……

这一夜,诺拉没有再让自己被刚才的警笛声扰乱,她回到了梦中世界,继续完成自己的使命。

曾祖母

曾祖母

有人敲门，随即有个人影快速走进了房间。诺娃转过身，看到来人是曾祖母，穿着一件蓝色的和服。

诺娃坐在床边，抬头看着年迈的曾祖母。当然，她认出了曾祖母，但她也在曾祖母的身上感觉到了某种神秘而陌生的力量。曾祖母的面部小巧玲珑，布满了皱纹。今天是曾祖母的生日，她86岁了。

但是，她的身上有点儿不一样，好像哪里扭曲变形了似的。诺娃不由得打了个寒战，好像曾祖母的每一次呼吸都可能是最后一口气。

曾祖母的无名指上戴着一枚红宝石戒指。诺娃知道，她之所以觉得曾祖母时日不多，就与这枚戒指有关。来到房间的曾祖母，就如同来自另一个时代的信使。她用两根满是皱纹的手指夹住红宝石，说："你在想这枚红宝石戒指，是吗，诺娃？"

诺娃点点头。曾祖母好像能读懂诺娃的心思。

曾祖母从桌边拉过一把木椅，坐在她面前。她说："今天我要给你讲讲我那个年代，生活在山上的各种鸟的故事。我现在仿佛依然可以听到金鸺凄厉的悲鸣。"

诺娃不自然地扭动着身体。她真的想听吗？她还愿意再听年迈的曾祖母讲故事吗？

"你不需要给我讲这些事。"诺娃说，她心中充满了痛苦，"我只想知道怎么才能让那些鸟儿回来。"

她抬头看了看曾祖母。老太太的脸上露出了十分悲伤的神色，也许不是悲伤，而是悔恨。也许就是悔恨。

但诺娃没有表现出丝毫的怜悯。

"此外，我还想要猴子、狮子和老虎。我想让它们都回来，你怎么就不明白呢？我想要熊和狼重新回到挪威，还有那种很有意思的海鹦——它们叫什么名字来着？对了，是海雀！我还要杓鹬，别忘了还有杓鹬！我要熊果、高山婆婆纳、冰川毛茛和矮柳。你知道吗？矮柳的高度虽然还不到5厘米，却属于灌木。这还是你告诉我的吧？"

曾祖母的肩膀耸动了一下。

"但是，诺娃……"

"你知道我想要什么吗？我要告诉你吗？我想要100万种动植物复活。整整100万，不多也不少，曾祖母。我要水龙头里流出干净的自来水，我要去河边钓鱼，我要这湿漉漉的冬天快点儿结束。"

"诺娃，别说了。诺娃！"

"我的意思是，我想要你在我这个年纪时拥有的那个世界。你知道为什么吗？因为那是你欠我的！"

"诺娃，不要再说了！"

"难道你更希望我为了惩罚你,把你赶到森林里去?不,我宁可让你把那个世界还给我。把哈当厄高原、尤通黑门山和龙达讷山里的驯鹿群还给我。如果你不能照我说的做,你还不如现在就走。"

"但是,诺娃……"

"你知道我还有什么愿望吗?我希望这个星球上的一切都能有第二次机会。假如这个要求不是太过分,那就想象一下吧。就像射击一样,第一次没射中,还可以再来一次。我只是认为你应该把世界还给我,这难道不是应该的吗?如果人们能不为过去的失败而懊丧,如果他们可以不再沉溺在内疚中,而是做出弥补,该有多好。做一个善良可爱的曾祖母,把已经灭绝的动物和植物都还给我,好吗,曾祖母?然后,我们就能够开心地谈论鸟儿的歌声了。"

她盯着曾祖母的眼睛看了一会儿。曾祖母的眼睑颤抖了一下,透着恐惧和悲伤。但诺娃继续说道:"我在胡说些什么呢?全都是废话!什么都不可能改变了。我们再也回不去了。不是吗,曾祖母?还是你要告诉我,确实有个神灯精灵可以帮助我们?"

曾祖母试图在椅子上坐直。她看上去很害怕,好像她的曾孙女随时都可能抡起握紧的拳头,对她大打出手。

但是,老妇人说:"是的,我亲爱的诺娃。我要说的就是这个。"

"什么?"

老妇人抚摸着神秘的红宝石戒指。她看着自己的曾孙女，眼神有些恍惚："也许这个世界还有一次机会……"

曾祖母……她在说什么？但她的话太有吸引力了，诺娃感觉自己受到了蛊惑。

"什么意思？"她低声说，"会有奇迹发生吗？"

曾祖母的眼睛里闪耀着光芒。她坚定地点点头，笑了起来。

她们现在是好朋友了。曾祖母也曾有过 16 岁——谁没有过呢？

但是，她们能做什么呢？她看了看血红色的墙壁，又看着穿着蓝色和服的曾祖母，说："也许我们可以穿越时空，去告诉我们的祖先多爱护爱护环境？我们只要保证喊得够大声，让他们听到就行了。"

曾祖母摇摇头，说："这法子行不通。但我想我知道另一种方法。"

"那你说说看。是什么超自然的办法吗？"

"我不知道，孩子。也许那是世界上再自然不过的事。"

诺娃的脸上漾出了一抹微笑。"我想我明白了。"她说，"你要试着联系曾经在地球上生活的人，向他们发出警告。你想让他们认识到，如果人类不停止对大自然疯狂的掠夺，未来会变成什么样子。说说看，曾祖母。这就是你要做的事情吗？"

老太太神秘地点了点头。

接下来，诺娃进行了更深刻的思考。她站起来，在房间里来回走着，之后站在高且狭窄的窗户前面，望向下面的马路。那几个人和骆驼仍在原地。

"这是不可能的。"她叹了口气，"大自然早已千疮百孔，无法再修复了。"

"你能百分之百地肯定吗？"曾祖母的笑容仿佛带有神秘的魔力，同时好像在筹划着什么似的摸了摸红宝石戒指。

"与红宝石戒指有关？"诺娃问道，"那块宝石能把驯鹿还给我们吗？"

曾祖母又点点头，诺娃大笑起来。

"我也是这么想的。"诺娃道，"我一直都知道那颗古老的宝石藏着一个秘密。"

诺娃在想自己还能再请求些什么："能不能也把雕鸮带回来？拜托，只要一对就够了。还有水獭、珞灰蝶……"

现在轮到诺娃滔滔不绝了。她的脑筋转得飞快，甚至都有些头晕目眩了。这是一个美妙的时刻：随时都可能有一大堆愿望会被满足，就像一连串流星划过夜空一样。但有谁的思考速度能像星星陨落时一样快呢？她振作起精神，说道："我能要回100万种动物和植物吗？"

"当然可以，亲爱的。"

"那它们的栖息地呢？光把每种动物救出一对是没用

的。必须让动植物有地方生存，供它们茁壮成长。所以，必须让雨林重新出现在地球上，必须让海洋的酸化逆转，必须让山区的温度再降低几摄氏度，必须让非洲大草原得到浇灌。但是，这些你都是知道的，说到底你不傻，一点儿也不傻……啊，如果这一切都能成真，想想看会是什么样吧！"

曾祖母紧紧抓住红宝石戒指，用一种听起来像是女魔法师的声音严肃地说道："很快你就会得到一个我在你这个年龄时的地球，但你必须答应我，你会好好爱护它。这是我们最后的机会了。从现在起，我们要时刻警惕。因为除了这一次之外，再也不会有别的机会了。"

曾祖母语调低沉，仿佛声音正渐渐消失在某个地下室或者一个深深的洞穴里。

但她继续说道："70年后，我们还会再见面的。到时候，就该由你肩负起重任了。"

诺娃突然感到极度疲劳，卷入一场最伟大的魔法中是辛苦的。

房间开始摇晃，曾祖母天真地微笑着——对于她这个年龄的女人来说，这笑容显得太孩子气了。她把头靠在那张旧椅子的靠背上，仿佛是在躺着等待死亡。接着，她开始用粗哑的声音唱歌，听上去就像诺娃在想象中的魔女盛会上听到的那样。

"所有的鸟儿啊,你们是如此脆弱……回来吧,像以前一样!燕鸥和杜鹃,画眉和鹌鹑……叽叽啾啾,永不停歇!云雀在天空中欢快地飞翔、鸣唱……迎接新一年的春天。霜雪交加,它们必须快快飞翔。阳光普照,世界充满光明!"

红盒子

诺拉突然惊醒,猛地睁开了眼睛。房间里弥漫着一种怪味,非常浓烈,叫人窒息。她打开床头灯,抬头看着墙壁和浅蓝色的天花板。

竟是一场梦……

多么奇怪的梦啊,如此神秘,如此充满希望!

她在未来生活了一阵,而且和现在一样,住在同一个有着倾斜的天花板的房间里。但在梦里,墙壁变成了血红色,天花板上还有一块大屏幕。

她听到外面有山雀在歌唱。天气好的时候,哪怕在冬天它们也会叽叽喳喳地唱歌。就在这时,加油站里一辆汽车的引擎突然发出了轰鸣声。接着,车门砰的一声关上了。另一辆车从西边开了过来。这之后,又有一辆车疾驰而过。

她摸了摸红宝石戒指。这件传家宝在她的家族里代代相传,已有100多年的历史。当年,苏妮娃和未婚夫一起移居美国,但他们订婚才几周,未婚夫就在密西西比河里离奇地溺亡了。

诺拉的家人喜欢称这枚订婚戒指为"古老的传家宝",仿佛它拥有某种神奇的魔力——即使他们都不在人世了,这个奇迹也将留在世上。现在,诺拉是戒指的主人了。在此之前,它属于一年前去世的曾祖母。苏妮娃是诺拉曾祖母的姐姐,膝下无子,诺拉的曾祖母从她那里直接继承了戒指。

现在,戒指出现在了诺拉的梦里……

她梦见自己名叫诺娃,曾祖母叫诺拉,和她在同一天过生日。今天是 2012 年 12 月 11 日,明天就是诺拉的 16 岁生日。

那位曾祖母的手指上戴着一枚镶嵌着红宝石的金戒指,和诺拉现在戴的一模一样。这是当然,因为她们戴的是同一枚戒指,而且还戴在同一根手指上!在梦里,诺拉变成了自己的曾孙女,而在曾孙女的眼里,她看到了作为曾祖母的自己。

现在,诺拉梦见自己是自己的曾孙女,这没什么可稀奇的。有一次,她梦见自己是拿破仑;还有一次,她梦见自己是一只鹅。但这次,一切仅仅是一场梦吗?诺拉对此不太确定。梦中的一切感觉是那么熟悉、那么真实,不仅做梦时如此,就连醒来后这么久的现在,也是如此。

在诺娃的世界里,自然栖息地惨遭毁灭,成千上万的动植物已经灭绝。她十分痛苦,甚至带着仇恨抨击了年迈的曾祖母,并向她索求一个毫发无伤的世界,一个像曾祖母小时候那般丰富多样的世界。

接着，奇迹发生了，她突然回到了本世纪初。穿越回70年前的感觉依然那么清晰。诺拉和整个世界又得到了一次机会，而这一切都与那枚神秘的戒指紧密相关。

她迎来的这一天是多么美好啊！她感觉自己仿佛正站在一个新时代的开端。现在，一切都可以从头开始。世界如此崭新，还得到了宽恕。未来世界中已经灭绝的动植物现在还存在，无数的物种还拥有属于它们的栖息地。

但是，那些物种仍然处于濒临灭绝的危险中。令人惶恐不安的报道依然层出不穷。但是，要恢复地球的生物多样性，现在采取行动还不算太晚。世界再一次获得了机会。

作为亲人，她想起了诺娃在网上找到的那封信。在梦中，这封信是诺拉在诺娃出生很久很久以前写给她的。但是信上写了什么？

她从床上一跃而起，在房间里来回走着，然后坐到桌前，打开了电脑。现在，她不能为别的事分心。此刻，她必须聚精会神，尽可能多地回忆起曾祖母写给诺娃的那封信。

她在电脑里输入以下内容。

亲爱的诺娃：

我不能想象，当你读到这封信时，世界已经变成了什么样子。但是你知道，你知道气候遭到了怎样的破坏，自然遭遇了怎样的蹂躏，你也许还知道哪些动植物已经灭绝了……

她想不起后面是什么了。那封信很长，她只希望自己的记忆随着时间的推移能够变得更加清晰。将这个文件命名为"给诺娃的信"后，她点击了保存。

诺拉从又高又窄的窗户向外望去，这是12月的一天，阳光明媚。多么美好的一天，正好今天不用上学，只是现在她还没有勇气做什么计划。太阳刚刚升起，在雪地上投下长长的影子，还是等一等再做今天的计划吧。她依然沉浸在梦境中，梦中的情形在她的脑海中萦绕。那个梦就像外面的冬日那样真实，只是更暖和一点儿。

她低头看着书桌。那儿放着几部卷了角的《世界现状年度报告》，一本新版《挪威濒危物种红色名录》，一本记录气候变化的杂志，还有一本名叫《大自然的空白：发现世界上灭绝的动物》的书，这本书写得好极了，是她父亲最近从澳大利亚带回来的。

书桌的上方有一个书架，书架下层有诺拉用红色包装纸包起来的两个鞋盒。一个盒子上写着"世界怎么了？"，另一个盒子上写着"应该做什么？"。剪报和打印的文章都放在这两个盒子里。

在梦里，诺娃看过红盒子里的一些文章。而其中一篇，正是诺拉前一天晚上在父母看关于库克船长的电影时才剪下的报道。

她从椅子上站起来,取下书架上的这两个红盒子。她翻了翻,很快就找到了那一份剪报。

> 迄今为止,有一条黄金法则,或者说相互尊重的原则——己所不欲,勿施于人——是构成所有道德规范的重要基础。然而在今天,这条黄金法则不再只有单一的横向维度,换句话说,就是不再只有"我们"和"别人"。我们开始懂得,这个相互尊重的原则也拥有纵向维度:你希望上一代人如何对待你,你就如何对待下一代人。
>
> 就是这么简单。你应该像爱自己一样爱你的邻居,这当然也应该包括下一代,还必须包括在我们之后生活在地球上的每一个人。
>
> 事实上,并非所有人同时生活在地球上,并非所有人都生活在同一时期。有些人在我们之前就住在这里,有些人现在仍住在这里,有些人会在我们之后生活在这里。那些在我们之后生活的人也是人,是我们的同胞。我们要以希望前人对待我们的方式来对待他们——如果身份对调,他们就是先于我们居住在这个星球上的人。
>
> 黄金法则就是这么简单。因此,我们留给后

人的星球,不能连我们如今的星球都比不上。但现实是,海里的鱼变少了,饮用水变少了,食物变少了,热带雨林变少了,山上的植物变少了,海里的珊瑚礁变少了,冰川和滑雪道变少了,山上的动物也变少了……

美丽不如从前!奇观不如从前!壮丽不如从前!欢乐也不如从前!

唉!诺拉再次读到这篇文章时,只觉得筋疲力尽。这已经是她第三次或第四次读了,而在70年后,她的曾孙女还会在网上找到这篇文章。如今,网上的一切都将永远留存,我们这个时代的所有文字和图像都飘浮在信息云中。

她不禁怜悯起了后世的人类。由于我们的自私,他们不仅要生活在一个满目疮痍的星球上,还要忍受早已流传于世的警示。"你应该像爱自己一样爱你的邻居,这当然也应该包括下一代……"未来的人看到这些来自遥远过去的警告,一定会感到愤怒不已,毕竟那时候,想要改变为时已晚了。

不过不止如此。诺娃还在网上找到了别的文章。诺拉翻了翻"应该做什么?"盒子里的打印稿和剪报,终于找到了她要找的东西。

无论是气候问题,还是生物多样性遭受的威

胁，究其根源都在于人类的贪婪。但通常情况下，贪婪者并不会受到贪婪的困扰。关于这一点，历史上有很多例子。

假使我们秉持相互尊重的原则，那只有确保后人即便没有这些不可再生能源也能如常生活时，我们才能使用这类能源。

要找到这些伦理问题的答案并不难，我们所缺乏的是将答案付诸实践的能力。

我可以想象我们的孙辈和曾孙辈的痛苦，他们失去的不仅是石油和天然气等资源，还有生物的多样性。我听见他们在呐喊："你们夺走了一切！你们什么都没给我们留下！"

"你们夺走了一切……"

诺拉惶恐不安地从一场沉重的梦中醒来，梦中的情形依然盘旋在她的脑海里。如果那只是一个梦，该有多好……

她不禁想起了乔纳斯。本来她答应一醒过来就给他打电话的，可是，他还是再等一等吧，她必须努力回想起更多梦里的情形。这时，她突然想到，诺娃在房间里走来走去时一直在听一段音频。

诺拉知道诺娃听的是什么。她把那个音频文件的文字版存放了起来……但放在哪里了呢？两个盒子她都找了，却一无所获。她一定忽略了什么……但是，是什么呢？她没有把那份文字内容放回原处,是不是有什么原因?她渐渐地想起了那个原因,立即从书架上取下一本旧书——英文版的《一千零一夜》。近来,她想查阅那本书里的一些内容,便将她要找的那份文字记录当成书签,夹在了书里。

从许多方面来看,我们都生活在一个非凡的时代。一方面,我们属于开拓性的一代,不仅探索了宇宙,还绘制了人类的基因组图谱;但另一方面,我们也是严重破坏地球环境的第一代人。我们可以看到人类活动是如何消耗资源,并导致栖息地解体的。我们如此深刻地改变着周围的环境,以至于越来越多的人把这个时代称为一个崭新的地质学时代:以人为中心的人类世。

大量的碳储存在植物、动物、海洋、石油、煤和天然气中。这些碳渴望被氧化,并被释放到大气中。在像金星这样没有生命的星球上,二氧化碳是构成大气的主要成分;如果地球在形成的过程中没有抑制碳的排放,我们地球的情况将和金星一样。但是,从18世纪末开始,化石燃料便如同《阿拉丁神灯》中的灯神,一直在诱惑我们。

"放我出来吧。"碳低声说。我们受不住诱惑,屈服于它。现在,我们正试图迫使灯神回到神灯里。

如果将地球上所剩的石油、煤炭和天然气都开采出来,并将其中包含的碳排放到大气中,我们的文明可能就不复存在了。许多人把挖掘和燃烧本国境内的所有化石燃料视为上天赋予他们的权利。拥有热带雨林的国家为什么不能按照自己的意愿，随意处置热带雨林？如果其他国家都在开发资源，那他们对全球碳平衡或生物多样性的影响与自己开采所造成的影响又有什么不同呢？

诺拉走到窗前，俯视着山谷里繁忙的加油站。那儿就像一个活化石——那么陈旧，好像来自另一个时代。尽管如此，至今它仍在运转。

突然，她想到了梦中的另一个细节……

雨　傘

雨 伞

倾盆大雨仍然下个不停，诺娃撑着一把红色的雨伞走下陡峭的山坡。这把伞很大，简直足以为幼儿园一个班的孩子遮雨。河的一边发生了山体滑坡，但滑坡上方的主干道仍然完好无损。

她走到十字路口，以前那里有一个加油站，现在成了补给站。旅人会到这里休整一番，再继续翻山越岭。骆驼在这里喝水，难民则在这里吃饭休息。这会儿，一堆巨大的篝火在山谷中燃烧，人们正围着篝火取暖。

诺娃打着那把红伞走到人群中。女人们穿着长裙，男人们穿着长及脚面的白色长袍。她的红伞太大了，伞沿不停地流着雨水，人们不得不躲到一边，给她让路，但也有人走到红伞下和她打招呼，孩子们甚至不用低头就能来到伞下面。

那些人都很开心，大声笑着。有个男人在摆弄旧油灯，女人和孩子们拍着手。附近的村民们在卖羊肉串和热饮，还有一些人在卖雨具和羊毛毯。他们使用金币来交易。

人群后面，一个男孩躺在草地上。诺娃问一个穿黑衣服的女人他是不是病了。女人看起来很担心，点了点头。"路途太远了。"她用英语说。

诺娃走到男孩身边,用红伞为他遮风挡雨,他不该这样被雨淋透。两个女人跟了过来。诺娃指着自己的家,表示这个男孩可以去那里睡觉。

男孩在女人们的搀扶下向山上走去。他们在门口遇见了曾祖母,诺娃解释说男孩病了,该和她们住在一起,把病养好再走。她们把他送进儿童房里。看起来他病得很重,需要吃药,也许得请个医生来。

石　油

越来越多的汽车驶入楼下加油站的停车场。大多数司机去商店买热狗和薯片时，都不给车熄火。

发动机空转着，汽车排出大量废气，诺拉对此只觉得恼火不已。她管这些车叫热狗车。汽车排出的蓝灰色烟雾格外清晰，此时的气温已到零下，也许是零下10摄氏度，甚至更低。窗户旁没有室外温度计，但她学会了通过汽车尾气的颜色和浓度来判断天气有多冷。

诺拉站在窗前，思索着她读到的有关石油的文章。她在一张黄色便利贴上草草写下了一些数字，简直不敢相信那些数字是真实的。

一桶石油大约是159升，价格约100美元，相当于600克朗[①]。一桶石油产生的能量相当于1万小时的体力劳动。在挪威，这相当于一个人6年的工作量。如果按照年收入35万克朗来计算，合计为210万克朗。因此，如果用人力替代一桶石油所产生的能量，将花费200多万克朗。但是，每个美国人每年平均消耗25桶石油，这就意味着150年的工作量！这相当于每个美国人随时随地指挥

[①] 克朗，挪威货币单位。

着150个"能源奴隶",供应他们的汽车和飞机、冰箱和空调、工厂和机器、农场和娱乐系统……这还只是石油!他们还使用了煤炭和天然气。

诺拉问自己,是不是油价太便宜了?一开始,得克萨斯州的牧场里都是劳力。后来,在牧场里随处可见的,则是石油……

但是,6年的体力劳动只需要600克朗?一年还不到100克朗。真是低廉。

燃料怎么会这么便宜?诺拉得出了自己的答案:石油如此便宜,是因为石油不归任何人所有。石油不属于任何人,也就没有价格。人们只需要把石油从地下抽出来即可。

石油已经存在几百万年之久,储存着数百万年的太阳能。但由于石油不属于任何人,就只能像现在这样被使用殆尽。只需打个响指,石油便不复存在了!

诺拉低头看着便利贴,摇了摇头。

正如政治家和能源部长们所指出的那样,石油确实让许多人摆脱了贫困。但是,许多人也因此过上了一种毫无意义的生活,消费过度,奢侈糜烂,而这种生活他们以前从未有过。

诺拉的手里还拿着一份剪报。这是一则航空旅行广告。从奥斯陆的莫斯机场到巴黎,最便宜的机票只需要119克朗。便宜的机票有多少,她不知道。但有趣的是,机票上的附属细则上写着"含税"几个字。只要花119克朗,就能到巴黎，还包含税费！这与在奥斯陆坐一次有轨电车的票价相同。然而，细则中没有提到的是，从奥斯陆到巴黎的往返航班对环境的影响，相当于一个人一年中的每一天都乘车往返22千米上下班。诺拉在其他地方还读到过，飞机从奥斯陆到纽约往返一次对环境的影响，与5万辆汽车行驶一天相同。

难道我们不是在浪费未来几代人可以利用的资源吗？难道我们不是在电池还可以继续使用的时候就将其丢弃掉了吗？也许到石油用光了，只能由忙碌的手、僵硬的脖子和酸痛的肩膀取代的时候并不需要太久。难道诺拉会是亲眼见证子孙后代遭到如此大规模掠夺的人？

她仍然站在窗边。在梦里，农民们把羊肉串卖给仍在穿越这个国家的难民。许多难民在挪威西北部经商，以此为生。

诺拉不禁笑了，她怎么又把这些幻想联系到一起了！尽管如此，她还是觉得这一切都非常真实。这个梦境甚至比她去年夏天的意大利旅行的记忆来得更真实、更真切。她对那个梦，比她前一天在学校做的事记得还清楚。

迄今为止，梦里的情形远不止这些，而且那个梦似乎没有尽头。她在睡梦中创造了一个完整的未来世界，一个与她现在的生活平行的世界。如果她扯出一条线索，整件事就会变得明朗起来。过去和未来的片段，甚至一个不同于当下的片段，就会显现出来……

骆 驼

阿拉伯男孩的身体渐渐好了起来。他和诺娃年龄相仿，也许比她大 1 岁，这会儿，他们正在儿童房玩飞行棋。她执红子，他则执蓝子。

他说这个游戏源自印度。那里的国王会和宫里的女人玩这个游戏。16 个年轻女人站在院子里，棋盘则由红、白两色的石板铺成。

男孩成功地将 3 枚棋子走到了一个方格里。他再次掷骰子，4 枚棋子全部都被放进了一个方格。他说自己赢了，这是因为他搭起了宣礼塔。他们对游戏规则各有各的看法，争执不休，便玩不下去了……

他们来到外面的紫叶山毛榉树下，望着山谷。一头离群的骆驼正向加油站跑去。男孩转头面对诺娃，说："我的曾曾祖父曾经骑着骆驼旅行，我的曾祖父开着梅赛德斯，我的祖父则乘坐大型喷气式飞机环游世界。再看看现在，我们又开始骑骆驼了。"

他若有所思地看着她，又继续说道："开采石油对我的祖国来说是一场灾难。我们曾一夜暴富，现在却又变得一贫如洗。如果人们甚至不能住在自己的国家里,又怎么能生活富裕呢?"

男孩该离开了。又有一群阿拉伯人聚集在补给站。烟从他们煮饭的火上升了起来,锅中冒出了热气。曾祖母出来告别,男孩从手指上摘下一枚戒指送给了她,以示感激。

见男孩只感谢曾祖母一个人,诺娃不禁有些失望。但接着,男孩转向了她,抚摸着她的头发。这是第一次有男孩抚摸她的头发。他说,曾祖母老了,终有一天她将继承这枚戒指。他说这是阿拉丁的戒指,来自《一千零一夜》中的一个故事。

她盯着男孩那双深邃的、几乎是漆黑的眼睛,感觉那里藏着一个秘密。

档案

诺拉回过神之后，坐在窄窗边的蓝色靠垫上，感觉自己精疲力竭。她又一次穿越了70年的时光，回到了现在。这个世界就像一只正反都能戴的手套，她可以把里面翻到外面。她同时是两个人。一个她在2082年16岁，另一个她将在明天满16岁。

明天就是她的生日了！

她摘下戒指，看着它在阳光下光芒四射。据说这颗红宝石是鸽子血的颜色，深红，但里面有一道蓝光。现在，诺拉可以看到它在玻璃上的反光。人们说，这是一颗星光红宝石，像是有颗星从宝石内部释放出六道光芒，这颗星还可以随着光线来回移动。

她知道这枚戒指的历史可以追溯到100年前。但关于这枚戒指，她还听说过许多更为古老的故事。苏妮娃告诉过家里人，这枚戒指来自波斯，而红宝石则来自缅甸……

她在电脑前坐下，输入网址"www.arkive.org"。一秒钟后，电脑就显示出了她最喜欢的网站：地球生命图像。

她首先看到的是戴维·阿滕伯勒爵士和一只伊比利亚

猞猁的照片。然后，她浏览了成千上万动植物的照片和短片。她还阅读了有关栖息地的资料，包括它们现在和过去的样子。

地球上的许多生态系统已经萎缩，它们与目前健康发展的区域的联系也被切断了。在非洲，曾经遍布整个大陆的动物和植物如今只能生活在零星残存的原始森林中。欧洲、亚洲和美洲也是如此。但是，生物多样性的崩溃在欧洲开始的时间要比在其他大陆早得多。在欧洲中部，食肉动物几乎灭绝了。在19世纪下半叶，挪威有5000多只熊惨遭杀害。

她在搜索框中输入"人科"，结果显示出六种类人猿。两种是黑猩猩，两种是大猩猩，还有两种是红毛猩猩。根据国际自然保护联盟的红色名录，其中四种属于极度濒危物种，两种属于濒危物种。也就是说，地球上所有的类人猿要么是极危物种，要么是濒危物种。极危是指处于极度濒危状态，在几十年内面临着极高的灭绝风险，而濒危的意思是有非常高的灭绝风险。非常高的灭绝风险。太好了，风险只是"非常高"，多谢。

她点击观看了一些短片，里面的图片和她反戴手套时[1]在屋顶上看到的一模一样。但是，仅仅是在几十年后的未来，短片里的物种就灭绝了。不过，现在情况还没到绝望的地步。这些物种的一些个体仍然生活在野外，在散

---

[1] 此处指在梦中以诺娃的身份存在时。

落的生境中生存。

随着破坏的发生,人类成了地球上数量最多的哺乳动物。当然,人类和其他物种的数量变化是有联系的——正是人类过度砍伐森林、破坏栖息地、非法诱捕和狩猎,对自己的近亲构成了威胁,使它们惨遭灭绝。

最后,她搜索了世界上的大型猛兽,其中许多都受到了和类人猿一样的威胁。100年来,老虎的数量减少了93%。但是,类人猿和猛兽并不是仅有的受害者。成千上万,甚至可能是数十万的植物和动物都濒临灭绝,它们的生态系统或是遭到破坏,或是已经被毁灭。这在很大程度上要归因于气候变化。

她又看了看红宝石戒指。自从这枚戒指被打造出来,大自然中有那么多生物就这样消失了,100年后又会有多少动植物消失呢?

诺拉几乎忘了她收到的其他生日礼物,但现在她从床头柜上拿起智能手机,开了机。她收到了一条短信,那是她使用这部手机后接到的第一条短信,当然是乔纳斯发来的。

醒了吗,诺拉?打电话给我吧。

她立刻感到有些内疚,她没有像自己保证的那样,一起来就给他打电话,于是她给乔纳斯发送了回复。

我很忙，乔纳斯，有一些重要的事要办。我会尽快给你打电话。

几秒钟后，诺拉收到了他的回复。

好，有空再说。但在你16岁生日的前一天，什么事这么要紧？

她的手机装了新闻软件。她触碰屏幕，头版头条跃然眼前，标题写着《依然下落不明》。

埃斯特（见图）仍作为人质被扣押在索马里。昨天上午，挪威人埃斯特·安东森与世界粮食计划署另外两名代表（一名埃及人，一名美国人）、五名当地卡车司机离开了摩加迪沙国际机场。这三名援助人员现在都在劫匪手中……自从去年发生了特大干旱，饥荒就在非洲的一些地区蔓延，对这些地区造成了毁灭性的后果。数千人饿死，大量难民试图逃离该地区……政治形势固然是造成这场劫难的原因之一，但气候研究人员不再排除此类自然灾害是由全球变暖引起的可能……

诺拉仔细看着那位失踪的挪威女子的照片，她30多岁。诺拉觉得她有些眼熟。自己是不是见过那个女人？难道她是一名代课老师，或是诺拉曾在梦中见过她？

过去，诺拉曾被介绍给一些她在现实生活中素未谋面，却已在梦中见过的人。她渐渐发现，不要一见面就提起自己梦见过对方，才是明智之举。但此时只有她一个人，所以她把看到照片后脑子里冒出的第一个想法说了出来："我梦到过你！现在竟然见到了你本人，可真奇怪！"

骆驼队

骆驼队

诺娃骑在高高的驼峰上。另外四只骆驼在她前面摇来晃去地走着,它们身上驮着毛毯和其他物品,人们要把这些东西带去莫尔德和克里斯蒂安松的大市场上出售。一串串的珠子和一袋袋的香料挂在这些骄傲的动物的身体两侧。

只有诺娃坐在鞍座上,男孩则牵着骆驼。她穿着一件红色斗篷,那是一名妇女送给她的礼物。诺娃感觉自己就像阿拉伯游牧民族贝都因人的公主,正从高处俯瞰大地。男孩抬头看着她,微微一笑。

"女酋长!"

她要和骆驼队一起走一段路,但必须从山谷最西边的罗村乘电动客车回来。她本来是为了好玩才跟去的,但她和男孩相处久了,分别在即,二人都很不舍。

这支队伍里有老有幼,一共 30 个人。带队的男子敲着用骆驼皮做成的鼓,一个十一二岁的小女孩一边吹着竹笛,一边跳舞。

他们过了桥,开始向山口跋涉。雨已经停了,但地上还是湿的,树叶仍在滴水。

河水奔涌着流过山谷，随时可能冲垮堤岸。但愿在下一场大雨到来之前，能有几个连续的好天气。

这片乡村从来没有像现在这样温暖、潮湿、充满绿意，河流也从来没有像现在这样混浊。40年里，这里的人口增长了5倍，并不是因为孩子多了，而是因为难民成群结队地来到这片世界最北端的区域。斯堪的纳维亚半岛依然有很大的空间，可以收留他们。

她告诉男孩，在世纪之交，有些人否认全球变暖。其中大多是中年男性，他们说气候变化既构不成威胁，也并非人为造成。而且，就算是人为的，对挪威人民来说也只有好处……

"要我说，这就是两面下注。"男孩说，"非洲和中东的鸵鸟一受到惊吓，就把头埋进沙子里。这可不是个好策略。所以现在它们灭绝了。"

诺娃坐在高高的骆驼上，大笑起来。她几乎要喊着才能让他听到："北极冰盖开始融化的时候，一些人认为没有什么可担心的……反正也不会有人去那里滑雪或滑冰……况且，冰层下还蕴藏着大量的石油。某些国家可以宣称石油归他们所有。说什么要保护北极熊，这是什么鬼话？他们救熊猫还不够吗？但这些人并没有意识到，冰川融化正是关于整个地球正在变暖的警告。而现在，我竟然坐在骆驼的背上！"

他们到达了罗村。阿拉伯男孩扶她从骆驼上下来。很快,队伍里的其他人都走远了。电动公共汽车随时可能到达。

他们站在那里,交换了联系方式,还承诺以后一定要再见面。男孩给诺娃看了一张某小酋长国的照片,那里是他的家乡。但她什么都看不出来,映入眼帘的只有沙子。

"城镇在哪儿?"她问道。

"城镇就在那里,只是被黄沙掩埋了。"

他翻找相册,终于找到了一张照片,上面有一座小型建筑,也可能是一座塔,顶部露在沙子外面。他说:"这是一座宣礼塔。"

公共汽车来了。她上车时,他们击掌告别。

濒危物种红色名录

诺拉拿着智能手机站在那里，思忖着自己什么时候见过那个失踪的女人。是她和乔纳斯在奥斯陆散步时见到的吗？他们在生态中心时遇到了很多人，他们去那里，是为了讨教如何创建环保小组，再领取一些宣传册。但是，其中一个人会于一个月后在非洲为联合国世界粮食计划署工作的可能性有多大呢？他们和挪威热带雨林基金会的人聊过，还和一位来自北欧发展基金的女士说过话。但这些组织与联合国有合作关系吗？这根本说不通。

她拿起父亲给她的书《大自然的空白：发现世界上灭绝的动物》，这本书是一位澳大利亚作家写的，书很重，至少有1千克。封面是一只渡渡鸟，这是毛里求斯一种体形很大的鸟，与鸽子是近亲，最后一次被人看到是在1681年。诺拉打开书，看着世界上最后一只恐鸟的图片，这种鸟在17世纪初被人捕杀殆尽。这本书收录了在1500年到1989年间所有被宣布灭绝的哺乳动物、鸟类和爬行动物的图画。

恐鸟和渡渡鸟有很多共同之处。它们都是鸟，但都不会飞，在人类出现之前没有天敌。人类出现后，它们就成为唾手可得的猎物。

诺拉在一篇文章中读到过，毛利民间仍然流传着关于恐鸟的传说。在被毛利人称为奥特亚罗瓦①的新西兰，仍然可以听到这样的挽歌。

失去恐鸟了，古老的奥特亚罗瓦失去恐鸟了。见不到它们了。它们已经走了，再也没有恐鸟了！

在这本书中间，诺拉找到了一篇她打印出来的网络文章。

所谓的《濒危动植物红色名录》的刊印越来越精美，里面有极度濒危、濒危或易危物种清晰的彩色图片。在这样的趋势下，再过几年，我们无疑会在精美的咖啡桌读物②里看到同样精美的已灭绝物种的图片。这些图片就是几年前出现在濒危物种名录里的图片。未来，我们也许会谈起这些物种的"图片化石"，也就是说，在这些物种和它们的栖息地一起消失前，人类为它们留下了

---

① 奥特亚罗瓦，意为"绵绵白云之乡"。
② 咖啡桌读物，指在咖啡桌上阅读的书刊，一般是以照片和图画为主要内容的精装书。

影像记录。

自然摄影的全盛时期，以及数字存储技术的出现，恰逢人类开始对地球生物多样性造成严重破坏的时候，这难道不是很讽刺吗？未来有一天，人们也许将对恐龙兴致索然，反而喜欢看那些在我们有生之年灭绝的鸟类和哺乳动物的彩色照片。

诺拉觉得这一切都是病态的。人类有什么权力毁灭其他形式的生命？

人到底出了什么问题？这正是诺拉想尽快弄清楚的问题。她想到了一个主意。

她打开书桌抽屉，拿出本杰明医生的名片。他说过，诺拉可以随时打电话给他。为稳妥起见，她还是先发了一条短信。

我们人类到底怎么了？可以谈谈吗？您什么时候有时间？祝好，诺拉·尼鲁德。

不到一分钟，他就回复了。

现在就可以。我今天不上班。本杰明。

"我今天不上班"，他为什么这样说？如果他在医院，给他打电话自然很不方便。但她还是不太明白他为什么要提到这一点。他为什么没去上班?

一时间,无数的念头涌入了她的脑海。但是,她还没想出个所以然,便已经拨通了他的号码。几秒钟后,他接起电话:"我是本杰明。"

"我是诺拉。"

"你好。你怎么知道……"

"您给过我名片。"

"好吧。"

"您怎么有点儿紧张?您听起来很紧张。"

"当然了。你打电话有什么事,诺拉?"

"当然了"?诺拉不明白他这话的意思。但她知道自己为什么打电话给他。

"对我们为什么要毁灭自己的星球这件事,精神病学上有什么解释吗?"

"……"

"喂?"

"你刚才说,'我们人类到底怎么了?'这么说,其实你并不知道。"

"并不知道什么?"

"我女儿的事。"

"埃斯特·安东森?"

"是的,她是我女儿,是的。这么说你是知道的?"

"不，不，我不知道。我也是刚刚想到的。现在我知道我为什么要给您打电话了。您桌上有她的照片……"

"事实上，那是我妻子的照片，她拍照时和埃斯特是一样的年纪。"

"真的吗？她们长得太像了……"

"我们能换个话题吗？我是有点儿紧张，但我很愿意找人说说话。"

"精神科医生不上班的时候反倒需要找病人开导自己？"

"是的，的确如此。人心就是这么复杂。"

"那么，您想聊些什么呢？"

"你最近见过驯鹿吗？"

她笑了："是的，不时还能看到它们。想必是圣诞老人派它们来监视我的。"

"也许它们只是想弄清楚你想要什么圣诞礼物？"

"也许吧……我相信埃斯特一定不会有事的。我这么说不是因为我相信有圣诞老人。您要乐观点儿，本杰明医生。您的紧张不安对您女儿没有任何好处。您需要保存体力。"

"诺拉，你说得对。这个建议不错。"

"她做的工作很重要。现在还有这样的理想主义者真好。"

诺拉想起了她打电话的原因："也许我们应该把关于人

类的精神病学研究留到下次再谈。到时候,我可以给您讲讲我做过的那些疯狂的梦。我梦见我是自己的曾孙女,从曾孙女的视角,我又变成了自己的曾祖母……"

"我想这样最好,诺拉。不过,还是谢谢你的来电。"

"我一定会关注新闻的,本杰明医生。"

"你可以叫我本杰明……或是安东森医生。"

"好吧,安东森医生。我的意思是,好吧,本杰明!我真该仔细看看您的名片。"

"保重。"

"您也是。我会想您的。"

冬　夜

诺娃坐在森林里的一小块空地中，头顶上方是星光闪烁的夜空。她把终端机放在膝盖上，浏览着这个星球都发生了什么。她想看看地球到底被摧毁到了什么程度，所以来到了森林。她想看看这个世界是如何分崩离析的。她是很想看，却也为此深感愧疚，所以不能在自己家中的小卧室里看，毕竟随时都可能有人进来说："你不能再自怨自艾了，诺娃！"

她盯着屏幕，看了世界上一个又一个地方。她找到了她想寻找的一切。记录地球生态衰退的应用程序并不少，地球时刻都在监测之下。终端机显示冰川在移动，干旱在全球多地区蔓延。这个真相是四维的。她看到了自然的原貌，富饶多样、异常清晰。但随后，图像发生了变化，屏幕上随处可见毁灭的痕迹。她看到各大洲、国家和地区失去了许多物种，再也不复当初的魅力。令人难以置信的是，这些地方就在她的指尖之下，但随着她的手指如同跳舞一样滑过屏幕，她意识到这其实是一段恐怖的舞蹈。

她可以浏览到世界上所有的新闻节目、报道和纪录片。凭借相关的应用程序，她能够更精确地定义自己要找的东西，所有的一切都呈现在她的面前。如今的地球没有边界，她想知道什么，就可以去了解什么。互联网上应有尽有，她沉迷其中。

她将画面时而放大，时而缩小。终端机如同一台时间机器。她看着，听着，感受着。终端机上装有优质的扬声器，她的耳朵将信息传递至她的灵魂深处。她不仅能看着雨林里的树木倒下，还能听到电锯的噪声；她不仅能看到树木被烈焰吞噬，还能听到熊熊大火烧得噼啪作响；她不仅能看到恐怖的飓风和旋风，还能听到洪水滔滔、狂风呼啸，以及人们的尖叫。

她专注地看着世界人口锐减的情形。自然灾害频发，人们为了争夺所剩无几的自然资源，发动了惨绝人寰的战争，导致数百万人因饥饿和战争而死。自灾难发生以来，相关机构一直没有进行过人口普查。但据估计，世界人口远低于 10 亿。

这情景不是想象出来的。她必须时刻留意这款应用程序的两个坐标，即时间和空间。1960 年的亚马孙不是 2060 年的亚马孙，2080 年的塞伦盖蒂平原不是 1980 年的塞伦盖蒂平原，2082 年的地球也不是 2012 年的地球了。

诺拉时间不是诺娃时间。现在已经不是差 5 分钟 12 点了。现在已经到 12 点了……12 点。

她最后一次浏览这个世界原来的样子，注视着那一望无际的热带雨林、大草原和珊瑚礁。这些完美的生态系统已经成为过去。因此，看到这些地方昔日的美景，才那么让人心碎。就好像她看到的是另一个星球，而不是她所居住的这个干旱贫瘠的地球。

她的泪水夺眶而出，关掉了屏幕。有那么一刹那，周围一片漆黑。但在高高的苍穹中，成千上万个遥远的"太阳"在黑夜中戳出了一个个小洞。她仰望银河，星辰形成了一条宽阔的星带。天空中有很多"太阳"，就像她的那颗太阳一样。但它们离得太远了，她根本不在乎。她从它们那里得不到安慰。

也许智慧生命只存在于她的星球上。但如果有一天，人类都灭绝了呢？即便无人凝视，恒星和行星也将继续存在吗？

她振作起来，强迫自己停止哭泣。她决定不再悲伤，她不允许那些破坏地球的人嘲笑她：只知道哭鼻子，除了伤心什么也做不了。

世界遗产

诺拉上网搜索了一下人质的情况,可惜没有任何相关的新消息传来。她看到一则电视新闻快讯,是那天早上播出的,没费什么事就下载下来了。现在,她用起新手机可谓得心应手。接着,她很快又找到了挪威广播公司的播客,开始播放几天前她在收音机里听过的一个讲座。

作为现代人,我们主要受文化和历史条件的影响,受哺育我们的文明的影响。我们常说,我们拥有共同的文化传承。然而,这个星球的生物史也塑造了我们。我们也有着共同的基因传承。

在人类出现之前,地球已经存在了数十亿年。也就是说,人被创造出来需要几十亿年的时间。但我们能挺过第三个千禧年吗?

什么是时间?我们可以从四个角度来看待:一是个人的角度,二是家庭的角度,三是文化和书写文化的角度,最后则是我们所说的地质时间的角度。我们的祖先是在至少 3.5 亿年前从海里爬上来的四足动物。归根结底,我们生活在宇宙的时间轴上，生活在一个有着约 138 亿年历史的宇宙中。

但实际上，这些时间段彼此之间的距离并不像乍看上去那样遥远。我们完全有理由感觉自己在宇宙中就像在家里一样。我们居住的星球的存在时间正好约是宇宙年龄的 1/3，而我们所属的动物界，即脊椎动物所存在的时间，正好是地球和太阳系诞生时长的 10%。宇宙也是如此。也就是说，这代表着我们的根在脚下的土地扎得有多深，我们的亲缘关系就有多深。

人类也许是整个宇宙中唯一具有宇宙意识的生物——惊异于我们身处浩瀚而神秘的宇宙中，是它的重要组成部分。所以，在这个星球上让生命得以延续，不仅是人类对全球要负的责任，更是对宇宙要负的责任。

"我们完全有理由感觉自己在宇宙中就像在家里一样。"在诺拉第一次听这场讲座时，这句话便引起了她的注意。不管其他地方是否存在智慧生命，对人类来说，地球上的生命就代表了整个宇宙。人类拥有意识，这是我们的天赋，并且因此处于一个独特的位置。但是，如果没有其他生命形式，人类也将无法生存。如果没有某些微小的细菌，我们就将无法生存。所以这些细菌也具有宇宙意义，因为它们促成了人类意识的存在。让我们为微生物鼓掌吧！虽然它们可能不知道，但它们在宇宙中也发挥了重要的作用！

诺拉笑了。一想到微小的细菌也出了一份力，帮助人类赋予宇宙意义，她就忍不住咯咯地笑。

她回头瞥了一眼加油站，窗外闪闪发光的冬季景象映入眼帘。现在她真得给乔纳斯打电话了！但他抢先了一步。

乔纳斯住在山谷北部的罗村。直到她去年秋天进入新学校，他们两个才相互认识。这个学校里囊括了半个县的孩子。他们二人住的地方相隔数千米，晚上要见一面很难。

今年，自 11 月中旬以来就可以滑雪了，于是诺拉和乔纳斯会在山上的一栋小屋里见面。小屋是诺拉家的，几代人一直在沿用。现在，乔纳斯提议他们稍后在那里见面。他说今天可能是他与 15 岁的诺拉见面的最后一次机会了。

诺拉听了这话，心里有些忐忑，这让她想起了曾祖母写给曾孙女的信。那封信一定是在 12 月 12 日之前写的，否则就会被她使用的搜索功能过滤掉。

"事实上，我有点儿忙，有些事要办。"她说。

"很重要的事？"

"是的，乔纳斯。但不止如此。你看今天的新闻了吗？"

"看了。你那么久也不给我打电话，我只好上网消磨时间。怎么了？"

"你知道埃斯特·安东森吗?"

"索马里的那个女人?"

"是的。"

"我简直不敢相信。她才刚刚抵达机场就被抓走了。"

"埃斯特·安东森是本杰明医生的女儿。我刚才还和他通过电话。"

"你和本杰明医生打电话了?"

"他姓安东森,乔纳斯。本杰明·安东森。我把他的名字和姓氏弄混了。"

"这么说,他突然给你打电话,说他女儿被绑架了?"

"不,是我打给他的。"

"为什么?"

"没什么重要的事。本来我想请他从专业角度分析一下,我们为什么要毁灭自己的星球。但也许我打电话是因为我在新闻里见到了埃斯特的照片,它让我想起了本杰明办公室里的一张相片。但那原来是本杰明妻子年轻时的相片,她们母女看起来太像了……"

"诺拉……等我们在山里见了面,再谈这些吧……你要来吗?"

她佯装犹豫:"我可以来,但有一个条件。"

"什么?"

"我需要你帮我解决一个问题。"

"没问题。我愿意为你做任何事。"

"我们怎样才能拯救 1001 种动植物?"

"什么？和环保小组有关吗？"

"没有直接关系。但有些事我必须弄清楚……我做了个梦，乔纳斯，我昨晚做了个梦。"

"好吧，诺拉。但为什么是 1001 种？为什么这么精确？"

她笑了："这个数字挺不错的，有点儿像《一千零一夜》。孩子们说 1000 时其实是指很多很多，但我就要说 1001 种。"

"你真是个疯丫头"。

"也许吧，我也有点儿担心。但本杰明说我的精神没问题……"

"那我们必须相信他。"

"一会儿见了面，你要讲一讲怎么拯救 1001 种动植物，不让它们灭绝，好吗？"

"我一定会做到的，小屋见。"

"等等！"

"怎么了？"

"你相信平行宇宙吗？"

"诺拉！"

"那种感觉又回来了。我觉得自己生活在两个不同的世界里。或者说，至少我和另一个世界有联系。另一个世界……在向我传递信息。"

"我们以前讨论过这个问题了。"

"我知道。"

"你说得我直起鸡皮疙瘩。"

"你怕什么呢？是害怕还有另一个时空这一事实，还是害怕另一个时空里的东西？"

"我害怕的是你脑袋里的想法。"

"没必要害怕，乔纳斯。待会儿见。"

"路上小心。请把注意力放在这个世界上，我们的世界上，好吗？"

"好吧。我试试看。一会儿见！"

"一会儿见。"

就在诺拉站在那里思考的时候，那种情况又出现了：她又想起了一个片段，那是另一个世界里的一个生活场景，一个微不足道的部分，另一个宇宙的千分之一……

气球

气　球

诺娃拿着一束红色的氦气球走进花园，每个气球上都画着一种灭绝的动物。她向补给站走去，想在那里把气球卖掉，好攒钱买一台全新的终端机。她觉得许多旅行者会为自己的孩子买上一个画着狮子或者大猩猩的气球。

她的父母都站在花园里的梯子上，亲手给果树授粉。蜜蜂早就灭绝了。早在100年前，出于各种原因，蜜蜂的数量开始下降。后来，它们在一夜之间彻底灭绝。现在人们不得不手工完成原本由数十亿只蜜蜂所做的辛苦差事。

父母在梯子上向她招手，他们俩都穿着蓝色工作服。她觉得母亲很漂亮，父亲很帅气。

"好漂亮的气球。"父亲说。

"卖掉真是太可惜了。"母亲补充道。

这时，曾祖母拿着一个大盘子走进花园。她做了砂锅菜。诺娃知道，食物是合成出来的。她早就吃腻了合成食物，尽管人人都说这些食物含有她需要的所有营养。

曾祖母叫她帮忙布置花园的餐桌，桌上装点着一束红色的郁金香。她走向曾祖母，帮忙把托盘上的食物端下来。她本想把气球从右手倒换到左手，但有那么一瞬间，她微微出神，气球飞走了。这一切发生得太快了。

在不到四分之一秒的时间里，线绳脱离了她的手，气球旋即升到了她头顶一臂之外的空中。好在不是太高，她只要跳起来就能抓住。她猛地一跳，同时伸手去抓，可惜，她还是慢了一点点，那束气球继续往上升，被风吹散了。最后，只能看到一个个红点越来越小，在蔚蓝的天空中逐渐远去。

游泳池

可能性有两种。第一，诺拉只是梦见了她前一天晚上看到的遥远未来，从她上床睡觉到第二天醒来，一连串丰富多彩的情节像穿在一根绳上的珍珠一样，排好了队出现在她的梦中。第二，她长久以来一直在做和那个世界有关的梦，但这是她第一次记得梦中的全部内容。关于曾祖母和红宝石戒指的梦肯定是昨天晚上做的，因为她从梦中醒来过一次，也许正是那个梦将其他的梦从遗忘的海洋中拯救了出来。

哪种可能性更大？哪个更能讲得通？

不过，也许还有第三种可能，并且诺拉并不打算排除这种可能性：她所梦到的一切都是真的。也许在遥远的将来，她真有一个曾孙女，一个很了不起的孩子，她用很神奇的方式，把自己的思想传递给了还是个小女孩的曾祖母诺拉。大自然中有许多我们不了解的东西，比如时间。时间究竟是什么呢？

但至少有一件事是肯定的：现在，诺娃的父母一直在亲手给果树授粉，而他们长得和诺拉的父母一点儿也不像，甚至不像诺拉见过的任何人。

她从未见过像诺娃母亲那样美丽的女人，哪怕是在电影里。她也从未见过像诺娃父亲那样英俊的男人，他眼中闪烁着光芒，叫人一见难忘。只要可以看他一眼，诺拉哪怕走上100千米路也在所不惜。

要么她有特异功能，她在梦中看到的人都是真实存在的，生活在遥远的未来。要么她只是通过想象就凭空创造了两个非常特别的人。毕竟，她的想象力是那么丰富。但哪个更令人兴奋呢？也许她正是创造了他们的人！

假如她会画画，她就可以细致入微地将诺娃父母的样貌画下来。那样一来，若是在街上看到他们，她就可以立刻认出他们，走过去打招呼。而且，诺娃的父母——也许是爸爸，或是妈妈，竟是诺拉的孙辈！

她又想起了诺娃在网上找到的信，那是曾祖母在小时候写的。当然，曾祖母就是诺拉！意识和梦境是如此复杂地与现实交错相连，她想想都觉得脑袋发昏。

又是意识，又是梦境！

但是，什么是意识？什么又是梦境呢？

去卫生间梳洗时，她想起那年春天下楼去花园，看见母亲拿着一个卷尺走来走去。诺拉问她在做什么，母亲说他们可能会挖开花园，建一个游泳池。她说，建游泳池没那么贵，预估价比她或诺拉父亲以为的要便宜得多。

一开始，诺拉惊讶地张大了嘴巴。接着，她怀疑母亲患失心疯了，花园里根本没有地方可以用来建泳池。但母亲坚持说空间够大，足够建泳池，她之所以知道，是因为她正在测量。当然，到时候必须把果树挖出来，玫瑰和红醋栗丛也不能留。小花园里还有一个蜂箱，但父亲在很久以前就决定不再养蜂了。

"夏天太短了，诺拉。天热的时候游个泳多痛快，还可以锻炼身体。"

草坪上有一条白色的长凳，还有几把专门在花园里用的单人椅子。诺拉示意母亲去那边的长椅上坐下。母亲照做了，诺拉坐在对面的椅子上，直视着母亲的眼睛。

"你在估算的时候，有没有考虑过花园带来的好处？如果改造了花园，我们会失去多少梨和李子？又会失去多少樱桃、红醋栗和玫瑰？"

诺拉说，花园不仅仅是看起来漂亮。

花园是自然的家园。与此同时，她也喜欢那片优雅的草坪，里面长着花色红白相间的红车轴草，她喜欢它们天然的样子。她喜欢在花园里散步，让自己成为花园的一部分。此外，也许母亲没注意过，但她现在仍然喜欢在那棵梨树上爬上爬下。

"我在这儿很快乐。"诺拉说。

此后，关于游泳池的事情就再也没有被提及过。

郁金香

诺娃拿着一束红色的郁金香沿河而行,可能花儿是她从商店买的。

突然,她听到河对岸传来砰的一声巨响。她穿过大桥,听到山岭上的松林里传来有节奏的轰隆声。她看到一棵树倒了。接着,又有一棵树倒了。

她沿着一条窄路爬到山顶,那里的砰砰声最响。她看见了一群穿着蓝色工作服的人正在用斧子砍树。总共约有20个人,个个人高马大,看起来好像有2米高,100千克重。

其中一人戴着一顶红色的毡帽,他一定是工头。诺娃走到他身边,抬头看着他那双透着愉快的蓝眼睛。他把斧子放在地上。

"发生了什么?"她问道。

那人擦了擦额头上的汗回答道:"我们正在砍伐森林。"

"为什么?"

他笑了。她觉得自己的问题听起来一定很幼稚,但这个人还算友好。

"他们打算在这里建一个风力发电厂,只好把森林砍光。有得必有失,小姐。世界就是这样的。"

"我觉得失去森林太可惜了。"

他又笑了,目光投向红色的郁金香,说道:"但也许这不是重点。"

"什么意思?"

"你可以问问我,完成这项工作需要多长时间。"

"你们完成这项工作,要花多长时间?"

他向天空竖起大拇指,说:"现在是早春,我们有20个人,斧子都很锋利。我想我们可以在圣诞节前完工。"

她点了点头,说道:"那么祝你圣诞快乐!"

她把郁金香递给他,又道:"送给你。我想,这束花就是为你而准备的。"

大个子恭恭敬敬地鞠了一躬。

"非常感谢。有件事很有意思,想不想听听?"

她不解其意,只是抬头看着他那对蓝色的大眼睛,点了点头。

"如果有一桶汽油和一把电锯,我只用几天就能砍完。"

车钥匙

诺拉刚要转身出门,一眼看到了红盒子,上面写着"世界怎么了?"和"应该做什么?"的那两个。她把所有打印出来的文章和剪报都塞进塑料夹,把它们和手机都揣进蓝色滑雪衫的口袋里。没过多久,她就到了加油站附近。她左手拿着滑雪杖,右肩扛着滑雪板。

一辆汽车停在洗车场前,发动机空转着。诺拉把滑雪板插进路边的雪地。这时,一个穿着黄色斗篷的女人朝那辆车走去。她一只手拿着热狗,另一只手拿着一本杂志。

"算你回来得快,不然我就要关掉你的发动机,把钥匙扔进雪地里。"诺拉喊道。然后她绑好滑雪板,向山里滑去。

我们正在毁灭我们的星球,她心想。正是我们人类在这么做,而且是在众目睽睽之下。

几天前,她给乔纳斯配了一把小屋的钥匙,这样,如果他先到的话,就可以直接进屋。她想知道今天谁会第一个到。对乔纳斯来说,到小屋大约要滑 8000 米,而她只需要 5000 米,但乔纳斯滑得比她快。她给他出了一个难题,不过她估摸这并不会拖慢他的速度,反而他还可能滑得更快。脑子转得越快，滑得就越快。反之亦然：滑得越快，脑筋转得就越快。

诺拉一边滑雪，一边想着那起人质劫持事件，以及她和本杰明的奇怪对话。出发前，她浏览了头条新闻，还在网上搜索了索马里的新闻。她了解到，外国船队在索马里近海捕了很多鱼，这可能是导致海盗问题的一个因素。长期以来，许多外国渔船一直在索马里海域非法捕鱼，每年捕获的鱼类价值数亿美元。索马里曾要求联合国派遣反海盗军舰打击外国船只的非法过度捕捞……她还了解到，根据《联合国海洋法公约》对争议地区的划分，索马里一直反对他国在索马里海岸开采石油的计划。四家大型石油公司都参与了这个计划。但是没有人质的消息，只有一篇文章提到目前为止劫匪没有提出赎金要求。

诺拉继续在雪地里滑行，到达了山区高地上的农场。到达最后一个农场边上时，她停了一会儿，注视着一个绿色的邮箱。她是不是梦到过绿色的邮箱？又或者她当时梦到的是绿色的售货机？她不太记得那个梦的内容了。但是，也许随着时间的推移，她的梦将逐渐变得清晰起来。现在还不到12点呢。

她来到了利亚森林，诺娃就曾和她坐在这片星空下。她停下来喘了口气，抓着滑雪杖暗自微笑。

诺拉在林子里有一个秘密的藏身之处。那是一片天然形成的空地，因为远离村庄和雪道，冬天几乎没有光污染。在那儿，她可以完全置身于黑暗里凝视黑夜，就像诺娃所做的那样。

地球比天上所有的东西加起来还要令人惊叹。松鼠难道不比黑洞更非同凡响吗？对她来说，野兔或狐狸比一颗死气沉沉的超新星更重要。

但诺拉不是只在晚上才去利亚森林。不久前，她和乔纳斯吵了一架，想一个人待会儿。他们是为了她的"幻觉"吵起来的，为此她感到很伤心，于是就躲到这片树林待了一整天。

她从未见过有人出入那片林中空地，但她在那里见过鹿。她一直认为鹿比人类更神秘，它们不用工作，不用上学，也没有家庭作业。它们不必考虑房子、宗教或保险。它们没有名字和身份证号码，也不属于任何人。它们只是它们。然而，它们依然拥有灵魂。

鹿的脑袋里在想什么？它们的想法，和骆驼有什么不同吗？

在梦里，诺娃一直坐在那片空地里。不，不是现在，而是70年后，她带着终端机坐在那里。诺拉不确定，诺娃与她选择的地方一模一样，是不是一个巧合。也许是曾祖母带她去过。诺拉认为，如果有一天她真的成为一个叫诺娃的小姑娘的曾祖母，她一定会带小姑娘去看这片空地……

　　她突然意识到自己在胡思乱想，不由得大笑了起来。她笑得那么大声，以至于把灌木丛里的松鸡都吓跑了。很快，她再次出发。一刻钟后，她到了高地上。巍峨壮丽的山峰沐浴在冬日的阳光下，前面隐约能看到光秃秃的岩壁。

小　径

此时正值深秋,诺娃戴着一条红色的围巾,沿着一条狭窄的小路向旧农场走去。她到达了高地,陡峭的山丘被她甩在身后。这里的桦树也很茂密。她知道这片地区曾经只有光秃秃的岩石,但现在这片土地上长满了桦树和柳树。她望向植被深处,既看不到山谷的岩石,也看不到山顶的冰山。她知道最高的山峰上覆盖着苔藓和地衣,她了解那些山,就像她知道古老的传说和神话一样。也许有一天,她会对这片荒野有足够的了解,清楚每一条林间小径和砾石小道的位置,但现在她还做不到。

她喜欢走在银白色的树干之间。树叶和欧石南红黄相间,闪闪发光,今年,森林的地面上还覆盖着一层蓝莓和越橘。

她脚步轻盈,仿佛是在飘浮,双脚离地面有几毫米的距离。另一条小路出现了,与她脚下的小路交叉在一起。她不假思索地改变了方向——可以下次再去小屋。

她一路上如此信步而行,心中不禁涌起了阵阵羞愧。白桦林在这里出现,意味着山区里的原生植物和动物都消失了。在山里吃草的奶牛、绵羊和山羊,这些传统的山景已经消失了。森林里出现一条条迷宫般的道路是有代价的,而这个代价就是世界上其他地方的干旱和饥饿。

但她已经沉醉在这片新的景色里,她归属于这里。

她来到一个红色的岗亭前。一名身穿制服的士兵笔直地站在坚固的拦路杆旁。她很惊讶,却谈不上特别震惊,因为这里是她的森林,她知道森林的规则。

士兵提出检查她的终端机。她同意了,把设备递给了他。他将其开机后使劲地滑着屏幕,像是他在几秒钟内就浏览了上百个网站一样。检查完毕,他把终端机交还给她,打开拦路杆,让她通过。

山间农场

诺拉打开了小屋的门。冷飕飕的风呼啸着，屋里又湿又冷，她连忙点着炉子，烧水沏茶。她比乔纳斯先到了，这使她有些闷闷不乐。

每当她独自来到这里时，总有一种说不清的感觉，好像身边有一群隐形的朋友们在陪伴着她。

她甚至常常能听到嗡嗡的说话声，那声音不是穿墙而过，而是在她的脑海里响起。如果心情好，她会回嘴说："不，我不同意你的观点！"或者说："太对了！我一直都是这么想的！"她回答时总是大声喊叫，会吓跑车道上的鸟儿。要是有人进来，准会以为她是在自言自语。但她从不害怕。

今天的情况也是这样。突然，诺拉听见自己喊了一声："埃斯特！埃斯特怎么样了？"

她从口袋里掏出手机，信号不错。她点开她最喜欢的网页，终于有消息了。

> 突发新闻：美国和埃及的人质已在索马里获释，并成功进入肯尼亚，受到肯尼亚当局和联合国世界粮食计划署工作人员的悉心照料。挪威援助工作者埃斯特·安东森仍被囚禁。萨拉·黑姆

斯和阿里·阿尔－哈米德（如图）传达了绑架者的要求：只有他国石油公司保证不参与索马里海域石油勘探活动，他们才会释放安东森。据黑姆斯和阿尔－哈米德称，绑架者非常专业，意志坚定，他们认为钻探是非法的……

诺拉不需要再看下去了。她拨了本杰明的电话，几秒钟后，电话就接通了。

"本！我是诺拉。你还好吗？"

"我只能聊一会儿。"

"您得到您需要的帮助了吗？"

"我也需要帮助别人。埃斯特有丈夫，也有孩子。"

"现在有人陪您吗？"

"这会儿没有。但外交部会打电话把最新的情况通知我。"

"谁也接触不到埃斯特本人吗？"

"是的。我最担心的是她的身体状况。"

"这是当然。"

"埃斯特从小就有幽闭恐惧症。你知道这意味着什么吗？"

"她害怕密闭的空间。"

"我没能治好她，我可是一名精神科医生。她住在纽约那阵子，为了不坐电梯甚至会爬四十层楼梯。我得挂了，诺拉。我得挂电话了。"

"等等！"

"那就长话短说吧！"

"您一定要坚强，要控制心里消极的情绪。您可以带着手机出去慢跑，跑远点儿，放松放松心情。"

"你真是个怪孩子，诺拉。但还是谢谢你！"

为了给自己找点儿事做，诺拉从口袋里掏出剪报，摊在桌上。"世界怎么了？"放在一端，"应该做什么？"放在另一端。

她没有离窗户太远，以便观察乔纳斯有没有来。小屋位于山坡之上，她可以一览西南方向数千米的景色，乔纳斯就从那个方向过来。但她没有发现任何动静，即使是在目力所及的最远处——他必须穿过的陡峭雪层那里，也没有他的身影。

虽然是中午，太阳还是低低地挂在空中。再过几天就是冬至了。刺眼的阳光几乎水平地从窗户照射进来，令人目眩。

诺拉希望埃斯特没有被关在黑暗的房间里，双手被绑在背后，脸贴着地面，虽然她想象的正是这样的场景。她甩掉这些念头，决定相信绑架者对埃斯特很好。她希望石油公司能尽快做出劫持者所要求的保证。如若不然，她第二天会组织施压小组的人去示威。

桌上的一份剪报讲的是信念和希望,放在"世界怎么了?"盒子里。

根据目前的理论,宇宙形成于大约138亿年前,这一事件被广泛地称为宇宙大爆炸。但是,宇宙诞生并不一定是一切事物的开端。宇宙大爆炸也许更像是从一种状态到另一种状态的过渡。

无人知晓宇宙的"下面"或"后面"是什么。这是一个终极谜题。没有人会责怪我们承认宇宙的神秘。

仰望夜空,能让我们认识到自身智力的极限。在我们看不到的地方,存在着信仰和信念的无限可能……

我们可以相信并希望我们的世界将得到救赎。但我们不能确定,是否有一个崭新的地球和崭新的天空在等待我们。我们不能确定,超自然力量是否会带来末日审判。但总有一天,我们将被自己的后代审判。假如我们忘记顾及他们,他们将永远不会忘记我们。

"仰望夜空,能让我们认识到自身智力的极限……"也许仰望夜空,就如同审视自己的内心。诺拉认为人心也很神秘。但是,她内心深处的谜题和宇宙的谜题之间,是否存在着某种联系呢?

气候配额

大雨倾盆而下。诺娃穿着高筒雨靴,举着大红伞向前走去。她的目的地是商店,也许是要买些做午饭的东西。她有一段时间没去购物了,有些东西已经不够用了。

商店前面摆着一个小摊。这是她第一次在这里看到这样的东西。

小摊后面的男人有一头花白的头发,穿着灰色的罩衫。他的摊位上摆满了用高光纸印刷的目录。当她走近时,她意识到那一定是从前的旅游手册。它们看起来是崭新的,但她知道那都是旧时代的产物。再也没有人出版那样的手册了。

摊位的雨篷上挂着一面蓝色的三角旗。上面写着:气候配额大甩卖!

她拿起一本手册,看着上面诱人的白色海滩和湛蓝的游泳池的图片。白发男子露出了灿烂的笑容,她的伞比任何人的都大,显然给他留下了深刻的印象。

"晒晒太阳可是很享受的事,对不对,小姐?配额在这里。"

她放下手册,指着桌子说:"至少有 40 年了。"

"完全正确。"

"你们不卖真正的旅行,那我也不需要真正的配额。"

他惊讶地看着她,几乎有些恼火。

"谁说配额必须是真实的?你和我一样清楚,不过是做戏罢了。"

他从便笺本上撕下一张,又从口袋里掏出一支红色水笔,问道:"你叫什么名字?"

"诺娃。"

"姓什么?"

"尼鲁德"。

他写下她的姓名后,把表格递给她。

一次新的机会

诺拉回到了窗前。她发现远处有一个看起来像小红虱子的东西在靠近。假如12月的太阳不那么低,也不那么晃眼就好了。她拿起双筒望远镜,走到门口最高的台阶上望去。没错,就是穿着一身红色滑雪服的乔纳斯!他滑雪的样子可谓独一无二。

10分钟后,他站在大门与挡风门之间的过道里,直喘粗气。门廊上仍然很冷,他呼出的热气立刻变成了白雾。诺拉帮他脱下蓝色鸭舌帽和护耳罩。

"是不是……来了……很久了?"他喘着粗气,"就你一个人在这里吗?"

她笑了:"是的,乔纳斯。今天我没有看到隐身的朋友,我也没遇到妖精或巨怪。"

他的呼吸依然很急促:"有没有……人质的……消息?"

诺拉找到之前看过的网页,把手机递给了他。

"我和本杰明通过电话了,他真的很担心。但我想,我设法让他高兴了一点儿。"

"怎么做的?"

"我建议他去慢跑。虽然这解决不了他的问题,但也不会制造任何新问题。"

乔纳斯总算喘匀了气息。

"诺拉,"他说,"我一直认为你会成为一名优秀的心理学家。"

她抬头看着他:"乔纳斯,你说一直?或者说,整整三个月以来?"

"这与时间无关。我觉得我已经认识你很久了。"

他仍然凝视着她的眼睛。诺拉喜欢乔纳斯站在那里直视自己的眼睛。有时,这种情景会持续很久,直到其中一个开始大笑起来,然后,另一个憋不住也跟着大笑起来。

乔纳斯看了看桌上摊着的剪报和打印出来的文章。诺拉负责为环保小组收集信息,这是她第一次向他展示工作成果。

"我特别想知道,你是否也带来了点儿什么?"她说。

他露出了一个高深莫测的微笑,诺拉觉得他不会让自己失望。

"我不想让你太紧张,"她说,"我也可以先解释一下,我为什么把这个任务交给你。"

"因为你梦见了什么,对吗?"

"我做了一个疯狂的梦。我给你布置的任务和这些文章,都和那个梦有关,不过这也与非洲的干旱有关。你能明白吗?"

"不太懂,诺拉。但你继续说吧……"

他背对着窗户躺在长凳子上,陷入了沉思。

"我梦见自己生活在未来,那时候距今已有好几代人的时间了。"诺拉挥舞着手臂说,"那是石油时代之后,几乎所有的化石燃料都已经消耗殆尽。热带雨林惨遭烧毁,泥炭和沼泽腐烂发臭,空气和海洋中都含有过量的二氧化碳。此外,我们星球的资源都被毁了,人们都在忍饥挨饿。"

乔纳斯抬起头来:"看来有人一直在刻苦钻研自然科学呀……"

诺拉见到他后很高兴,所以此时并不介意被他取笑。她只是用低沉的声音提醒道:"我试图给你讲一个复杂的梦境,也就是说,你最好听我说完。那时,世界上的热带地区都变成了沙漠,同时,过量的二氧化碳被排放到大气层里。成千上万的物种灭绝了,类人猿全部都消失了。蜜蜂已经绝种,人们不得不对植物进行人工授粉。自然被轻而易举地摧毁了,文明几乎崩塌,那时的世界人口比当今少得多。还有,人们为了争夺资源,爆发战争,然后就是终结。世界上那些曾经生机盎然的地区都将一片死寂,甚至整个地球都悄无声息。"

"最糟糕的是,这种情况很有可能成真。"乔纳斯说。

诺拉一边讲述,一边摆好杯子和饼干,端着茶壶朝他走过去。

"听我说。"她继续讲道,"在梦里,我有一个非常酷的终端机,可以播放有史以来的所有影片。我可以用慢镜头看到地球上发生的一切，我常常一坐就是几个小时，研究数年前就灭绝了的动植物。"

"破坏已经开始了……"

"我觉得自己被骗了，乔纳斯！就好像地球遭到了劫持。我和我的父母，还有我的曾祖母住在我现在住的房子里。我还住在同一间卧室中，只是在梦里，那个房间的墙是血红色的。我的名字叫诺娃，我的曾祖母叫诺拉。"

"诺拉。和你的名字一样……"

她意识到，把梦中的一切都和乔纳斯讲清楚是不可能的。因为故事中的一部分建立在她尚未了解的事情的基础上——出于逻辑原因，在她告诉乔纳斯这些之前，她无法了解到那些事情。

"此外，我们在同一天满16岁。但那是在2082年，而我的曾祖母那年是86岁。"

乔纳斯大声吹了个口哨："啊，我开始明白了……"

"我和曾祖母的关系有些难解难分。我很爱她，但我也恨她，他们那贪婪的一代明知道结局如何，却什么都不做，什么都不去挽回。我要求她把地球还给我，我要她在我这个年纪时的地球。如果她做不到，我就会把她赶进森林以示惩罚。我是否应该告诉你：我很可能像古老的童话和传说中的孩子杀死巫婆和巨怪那样，把律法掌握在自己手里，处置自己的曾祖母。"

"然后你就醒了，是吗？"

她摇了摇头。但接下来她该怎么继续讲下去？

"你知道我家旁边的加油站吗？好吧，梦境里的那时候加油站也不存在了，因为路上没有汽车，只有白色大货车——关于它们的事我下次再讲。无论如何，在我的整个梦境中，都有阿拉伯人骑着骆驼，组成长长的队伍长途跋涉。他们要翻山越岭去挪威西北部，中途停在原来是加油站的地方，吃饭休息。"

"阿拉伯人？"

"他们是气候难民。他们的国家都被黄沙掩埋了。有个阿拉伯男孩病了，我们让他睡在儿童房养病。我们请了医生，在他恢复健康期间，我们一起玩飞行棋和其他游戏来消磨时间。后来那个男孩继续出发，他送了一枚戒指给我的曾祖母，戒指上有一颗很大的红宝石，他说那是一枚真正的阿拉丁戒指……"

"他在儿童房住了多久？"乔纳斯问。他似乎有点儿担心。

可是，诺拉没有回答这个问题。她必须回忆那个梦境，这已经够困难的了。

"从那天起，我的曾祖母就一直戴着那枚红宝石戒指。一天早上，她来到我的房间说道，这个世界，以及世界上所有的动植物，将获得一次机会。我记得她摸着那枚戒指，仿佛那个崭新的开始与戒指有关。然后，房间开始摇晃，她坐在那里，用粗哑奇怪的声音唱着：'所有的鸟儿啊，你们是如此脆弱……回来吧……'然后我就醒了,乔纳斯。这一切就发生在几个小时之前。我醒来时听到外面有鸟叫声,我确信那不是梦。我的曾祖母兑现了她的承诺。世界又得到了一次机会,所有的动物和植物都回到了它们应归属的地方。"

乔纳斯摇了摇头:"难以置信。如果真如你讲述的那样,我也要相信你的梦了。"

"但是,梦里曾祖母的责任,现在也就落在我身上了。角色互换,现在轮到我必须采取行动了。70年后,我将再见到我的曾孙女。那时候,我们可能再次商谈这个责任。如果地球的状况没有得到改善,我就可能成为那个年迈的被赶进森林的曾祖母。如果我不能阻止生态系统崩溃,整个自然界将退化并失去它的魅力——我将宣布对自己的判决。"

"这么说有点儿沉重。"乔纳斯说道,"我认为,你不用对我再讲更多的情况了。"

"不,还有很多,听我说完。"诺拉口气坚定地说道,"当我从梦中醒来的时候,我的手上戴着那枚神奇的戒指,也就是说,它就是我在梦里见到的那枚戒指……"

乔纳斯打断了她:"你说什么?"

诺拉把毛衣的袖子向上推了推,举起手,指着红宝石戒指。

"你看!这是梦中的曾祖母戴的那枚戒指,这枚戒指让我们回到了起点。"

显然,乔纳斯看起来好像不知道该相信什么。

"你说,你醒来后,戒指就在你手上?是不是你昨晚戴着睡觉的?"

诺拉使劲地点了点头。她告诉乔纳斯,她是在前一天收到戒指的。这是她 16 岁的生日礼物,只是她母亲去奥斯陆开会,她才提前两天收到了戒指和新手机。

"为了那个梦,我决定余生都戴着这枚戒指。这样,我永远也不会忘记自己必须做的事。毫无疑问,当我将来成为曾祖母的时候也还会戴着它。如果我有了曾孙女,我会劝说她的父母,给她起名叫诺娃。因为,那样一来,我的梦就成真了。等她 16 岁时,我就能走进她的房间,并设法让她的目光落在这枚神秘的红宝石戒指上。只有到那时,这个循环才能终止。"

"可是,等到你的梦实现时,自然界的许多许多东西都已经消失了。整个行星可能都已经毁灭了。"

乔纳斯的话里充满了担忧,可是她摇了摇头。

"不,世界又得到了一次机会,这才是重点。我让世界回到了曾祖母 16 岁时的样子。当然,我只有一次这样的机会。"

她低头看了看桌上的文章和剪报,接着抬起头,望着乔纳斯说:"所以,从现在起,我们就有很多事情要做了!"

白色展览车

透过窄窗向外张望，诺娃看见了一辆白色展览车正向他们的村庄驶来。她已经很久没见过这种大货车了。她飞奔下楼梯，迅速地穿上鹿皮鞋，套上暖和的大衣，冲了出去。

在穿过花园的小路上，她看到母亲捧着一束冬青走进来，枝杈上带着红色的浆果。诺娃没说自己要去哪儿，她知道母亲不喜欢展览车。

在继续往前走的时候，她看见河对岸的人们正在过桥，往这里走来。她不是唯一迫切想看看今天发生了什么事情的人。很快，货车侧面的蓝色大字就映入了她的眼帘：世界上仅存的狐猴。

她知道狐猴来自马达加斯加，是原猴类灵长动物。她还知道，近年来只有柏林还在饲养狐猴。动物园只允许送那些濒临灭绝、不可能再繁衍的物种去巡展。他们的目的是告诉人们，他们已经失去了什么。在野外，狐猴已经消失多年了。

她从一个脸颊红肿、留着黑色山羊胡的男人那里买了一张票，那个人的脸蛋简直像红彤彤的苹果。他还卖爆米花和棉花糖，但她都不感兴趣。

门票和扑克牌一样大。一面印着狐猴的图片，写着标题"环尾狐猴"。另一面印着生物类别：脊索动物门，哺乳纲，灵长目，狐猴科。此外，上面还用几句话介绍了该物种在马达加斯加灭绝的原因：它们的栖息地被大火摧毁，树木被砍伐以生产木炭，它们本身也成了猎人的目标。然后，全球气候变暖给它们以致命的一击。

她是第一个被允许进入展览车内部的参观者。车内只有一个和车身长度相等的笼子，里面有三只狐猴在仿真树木和真正的植物之间来回跳跃。地上铺着锯末。按照门票所示，这几只动物都是雌性。她以前经常看到这样的卡片，还收集了一整套。这些卡片是一种珍贵的回忆，让她想起在那些动物灭绝前，她曾设法看到它们的模样。

从黑色的鼻子到尾巴尖，长度约为一米，其中黑白相间的尾巴比躯干还长。这会儿，那三只狐猴正紧张地在防护网后面跳着，用棕黄色的眼睛盯着她。她想知道它们能了解多少东西。她确信，它们所了解的比它们能表达的要多。她还知道，不出两年，国际自然保护联盟的应用程序就将发出警告声，宣告这个曾经数量众多的物种与世界永别。诺娃离开的时候，看到一个男人牵着两个小孩儿走过来。孩子们兴奋地跳上跳下，手里还拿着爆米花。看完动物，他们也许还能吃到棉花糖。毕竟，白色大货车并不是每天都来。

青 蛙

诺拉在朗读她刚刚看到的网络新闻。

　　重大新闻：国家石油公司否认该公司计划对非洲某些争议地区进行勘探。出于竞争原因，该公司对其在该处的经营活动不发表评论……

"但是他们还是要钻探石油……"乔纳斯说。
"现在这个关头，重点也许不在于此。"诺拉说，目光里几乎带着一种恳求。
"那重点是什么？"
"这个公告对埃斯特·安东森有帮助吗？或者，我想说，对本有没有帮助？"
"本？"
"本杰明。我给他发个短信。"
她只写了几个字。

　　有消息吗？

几分钟后,回复来了。

没有。如果有,我会告诉你。

诺拉叹了口气,说道:"这件事确实把他压垮了。"
乔纳斯翻看桌上的剪报和文章,他抽出其中一张念了起来。

人的天性中存在着一种水平的方向感。我们不得不瞻前顾后,盯住潜在的危险和猎物,这赋予我们保护自己和家人的本能。但我们没有保护后世人类的天性,更不用说保护其他的物种了。

作为生物,我们首先关心自己的基因,这是我们的天性。但我们并不会去保护四代或八代人之后的基因。我们必须学会这么做,正如当初我们学会尊重人权一样。

自从人类在东非大裂谷出现以后,我们就坚定地战斗着,以扩大我们人类家族的分支。到目前为止,这场战斗取得了胜利,毕竟我们一直存在。但是,人类作为一个物种太过成功,甚至威胁到了自己的生存。我们取得的成就如此大,以至于威胁到了所有物种的生存。

我们是狡猾而虚荣的灵长类动物,很容易忘

记自己其实也是自然界的一部分。但是,我们是不是已经自负到只看重当前的生活,不肯把地球的未来当回事?

"这是个很有意思的问题。"乔纳斯说。

"什么?"

诺拉只是心不在焉地听着,心里想着几个小时之前自己在电话里问乔纳斯的问题:如何拯救1001种动植物?但他指着他刚读过的那张剪报,说:"'我们是不是已经自负到……'?我说这是个好问题。"

她谅解般地笑了:"所以我才会打印出来。"

诺拉很开心,乔纳斯喜欢她选的文章。可是,她也很期待,他在上山时的漫长道路上是否想出了她问题的答案。

"是呀,那我们怎么做?怎样才能阻止1001种动植物灭绝呢?"

他把剪报放回桌子上,同时目光落在另一张剪报上,他扫了一眼,大声念出来,好像那篇文章会回答诺拉的问题似的。

如果我们想拯救地球的生物,就需要在思维上进行哥白尼式的转变。要是我们在生活中一直认为所有的一切都围绕着我们的时代转,就像认为天空中的一切都围绕着地球旋转一样幼稚。我们的时代并不比未来的任何时代更重要。当然，对我们来说，我们的时代是最重要的。但是，我们不能将其视为唯一重要的时代，并因此不计后果。

乔纳斯先是若有所思地点了点头，但后来他抬起脑袋，也对诺拉点了点头。

"我们嘲笑那些认为地球是宇宙中心的人。但是，如果我们觉得还有多余的行星可供我们居住，进而在生活中不管不顾，这样难道就不愚蠢了吗？"

问题是合理的，但是诺拉开始不耐烦了。她想知道乔纳斯是否找到了办法来解决她的难题。可此时他又拿起一张剪报，大声读道。

根据一则古老的寓言，青蛙一掉进沸水，就会马上跳出来。但是，如果把青蛙放在一锅冷水中，逐渐把水加热到沸点，青蛙就感觉不到危险，并因此丢掉性命。

读了这段话之后，乔纳斯再次点点头。
"我们这一代是不是和青蛙一样？"

绿色的自动售货机

诺娃身在首都，在儿童房住过的阿拉伯男孩和她在一起。他们又见面了。诺娃的曾祖母去世了，现在，那枚戒指戴在诺娃的手上。她已经长大了，穿着一袭黑裙，肩上披着一条红色的披肩。因为要来首都，所以她才打扮得如此讲究，而穿黑色衣服则是在为曾祖母服丧。

男孩也长大了。他身着白色长袍，走起路来，袍子的边缘会拂过柏油路面。

他们在城市的主干道上散步，看见很多即将开放给公众使用的绿色自动售货机。不过，此刻街道上仍然空荡荡的，诺娃和阿拉伯男孩尽情地享受着市中心的宁静。

每个街角都有这样一个绿色的机器，所有地铁站和重要建筑物前也都安装了这种机器。

市政厅的塔楼上响起了熟悉的钟声，这是他们一直在等待的信号。

他们分别选择了一台绿色的自动售货机，她拿着红卡，他拿着蓝卡。

他们注视着对方的眼睛，朝彼此笑了笑后，开始刷卡，好像在分享一个秘密。她要选择自己想为之付费的植物和动物，在她输入一个代码后，屏幕上就会出现一个视频。只有在她为帮助拯救物种付费后，视频才会播放。

城市里的人渐渐多了起来。他们涌出地铁站，下了公共汽车，走过街头。许多人都想尝试这种新机器。很快，城市就充满了生机，人们在这些新景点前排起了长队，一边打手势，一边热烈地讨论。

四周熙熙攘攘，诺娃几乎看不见自己的同伴了，幸好男孩比大多数人都高出半头。他们找到了对方，互相击掌，然后她抬头看着他，笑靥如花。

"好像我们把这个世界重新激活了似的。"

他回答道："对待人性必须足够严肃认真。"

游戏化

"世界又得到了一次机会。"诺拉说,"现在你一定要告诉我,我们该怎样利用这个机会。"

乔纳斯不再看桌上的剪报,而是抬起头,狡黠地微笑着,诺拉很喜欢这种微笑。他拉开红色滑雪服口袋的拉链,拿出几张折叠在一起的纸递给诺拉。

第一页纸最上面的标题是:"如何拯救1001种动植物?"下面的小字写着:"答诺拉问"。

她快速地翻看一遍,一共有七页,都是打印出来的。

"你好像只迟到了一会儿而已。你是怎么写出来这么多的?"

"和你一样,我也有我的秘密,现在就来看看吧。"

诺拉开始大声朗读起来。趁她读的工夫,乔纳斯先朝烧柴炉里扔了几块木头,又拿起双筒望远镜望着窗外。

所有的动植物的生存都依赖它们的栖息地。如果自然界的一部分受到破坏,便意味着该生态系统中的所有物种都遭到了威胁。栖息地的命运取决于经济状况。为了更加富有,任何危险都不能吓退追求财富的人。比如，在大自然中那些饱受摧残的地方，富人们依旧肆无忌惮地开采石油、煤炭和其他矿产来赚钱；而贫穷的人也会以不可持续的方式破坏生态系统。

要面对的问题太过严峻，以至于人们觉得自己无能为力。比如，我能做些什么，才可以拯救亚马孙雨林？我应对非洲大草原或大西洋的鱼类现状负什么责任？人们不愿意思考这些问题，这不符合我们大脑的运转方式。

人是傲慢且自私的动物。无论我们采取什么行动来拯救地球，都必须从这一点出发。我来举个例子。

如果有人特别关心老虎的命运，那么他就可能上街为老虎基金会募捐，还可能组织抽奖、拍卖或旧物义卖。

几乎每个人都会不假思索地给你一个克朗去救老虎。有些人愿意出10克朗，这不过是他们买一块巧克力或巧克力蛋糕的价钱。有些人会给100克朗，还有些人给得起1000克朗或1万克朗，尤其是出了这个钱就意味着他们的名字就能出现在报纸上时。也许还会有喜欢出风头的商人愿意捐赠50万克朗。人们买艺术品时，也会这样一掷千金。迟早会有一名年迈的寡妇将全部家产赠送给老虎基金,这可能是因为她的祖父曾是一名英国陆军中尉,在服役期间射杀过8头老虎,其中一张虎皮就在她位于伯明翰的家中,铺在旧藏书室的壁炉前。

人们应该设立一个特别账户,接受来自世界各地的捐款,可以称之为"老虎保护账户",如果数百万人定期进行小额捐赠,很快就会有数十亿欧元或日元来保护老虎的栖息地了。要制止非法捕猎老虎及其猎物,非投入巨额资金不可,这就需要聘请一大批护林员。一张虎皮的黑市价格是50万克朗,随着物种数量的减少,价格会继续上涨。并且,对非法捕猎的惩罚越严厉,虎皮的价格就会涨得越高——尽管如此,还是要采取更加严厉的惩罚措施。

护林员计划只是第一步。接下来,必须在不同的老虎群之间建立安全走廊,以防止近亲繁殖。此外,野猪、鹿和羚羊都是老虎的猎物,要保证老虎有充足的食物,就必须保护这些动物所吃的植物。因此,要拯救老虎,就得拯救一系列的植物和其他动物。老虎是某种强大事物的象征,若是老虎消失了,那将是一个不祥之兆。

"我明白了。"诺拉说,"可为什么是老虎?为什么不是北极熊?"

"我认为,下面这段话能回答你的这个问题。"乔纳斯回头说道。诺拉继续读了下去。

> 为什么我只谈到了老虎?那雕鸮和北极狐呢?青蛙、蝾螈和其他濒临灭绝的物种呢?当然也要为保护这些动物设立捐款账户。不可能只有老虎保护计划,还必须有其他动物的保护计划。因此,会有1001个濒危动植物保护基金的账户,可供人们选择的有很多。你可以不把钱捐给老虎保护基金会,但会捐钱给狮子保护基金会或蝾螈保护基金会。重点在于要让人们自由选择,以及引发人们的讨论。
>
> 报告显示,由于全球变暖,多达100万个物种可能正受到威胁。但我不认为成立100万个不同的基金会是好办法。为蚜虫成立一个基金,就应该足以吸引喜欢蚜虫的人慷慨解囊。但如果你想拯救蚜虫,就必须拯救树叶,这样一来,也就拯救了野兔和鹿,还有猞猁。自然界中的一切都是相互联系的。生物多样性既关乎自然整体,也与个体息息相关。那些失去了自然栖息地、只能在动物园里生存的物种,离灭绝只有一步之遥。

"从我们打完电话到现在,你竟然写了这么多,简直不可思议。"

她抬头看着乔纳斯,但他仍然背对着她站在那里,用双筒望远镜扫视着高原。

"那你觉得怎么样呢?"

"我很喜欢。我想看看剩下的。"

"那就继续吧。"

我的问题是:我们如何做到在最大范围内保护生物多样性?我在前面提到过,自由选择是一个重要因素。现在再举一个例子。

想象一下,如果纳税人可以选择他们的税款用在哪些方面会怎样呢?他们可以直接影响到花掉自己的钱的方式,而不是像挨罚一样,只是将30%或40%的收入交上去。这种方法要如何起效?会不会引起混乱?确实会有一些人愿意把自己交的税都花在国防上,一些人会把他们的税款花在教育、研究、环境保护、外国援助或公共交通上,另一些人会选择博物馆、托儿所、医院、歌剧院或养老院,但最终结果很可能和现在一样。其中唯一的区别是纳税人可能更高兴一些,因为这种制度更符合个人的需要。

我们可以把这个想法应用到环境保护中。如

果政府开征环境税,很多人会反对增加新税。他们会说,这个"环境"是指什么,最好的环境政策又是什么。如果引入一种更有针对性的税收来保护地球上的所有植物和动物,就可能说服更多的人。不过,还是会有人为了优先顺序而争论不休。饲养羊或驯鹿的农民可能并不介意狼或狼獾是否灭绝。城市居民可能会反对为拯救雪鸮而交税——话说,他们最后一次看到雪鸮是什么时候?每个纳税人都可以选择他们的钱将用于保护哪个物种,这事关个人选择。接下来,人们就会展开讨论,还会感觉到自己的重要。

诺拉说道:"这么说,你想要1001种不同的基金?这就是说,也许有人今天把一两克朗给熊基金,明天他会觉得自己对金雕或苍鹰情有独钟。每年至少有一次,比如圣诞节,会留出一两克朗来保护蝾螈或青蛙?"

"但是,苍鹰和青蛙,哪一个优先呢?"

"青蛙。"诺拉说,"苍鹰总得有东西吃才行。"

"那青蛙前面是什么?"

"昆虫……还有蠕虫。我曾经见过一只青蛙把一条蚯蚓囫囵吞了下去。"

"那在此之前呢?"

"植物……真菌……以及,单细胞生物。"

"没错。"

"但是，乔纳斯，我还是不明白。你跟我打完电话后不可能有时间写这么多。我不相信！"

"继续读下去，好不好？"

她又看了看手中的纸，接着读下去。

但我听到了反对的声音。人们真的那么在意自然吗？我们不是把地球变成了一个大型主题公园了吗？太多的事情在分散我们的注意力。我们共享一个星球，但不是每个人都能从地球的角度思考问题。这个世界上有太多的自由，富人有太多的可支配收入，有太多的石油和私人飞机，对我们的星球和资源的公平分配承担的责任却又太少。人们很容易受到其他事情吸引，只要看看我们的报纸和杂志就知道了：他们写的都是运动和彩票、餐馆和葡萄酒、汽车和游轮、手机和电脑、园艺和室内设计、烹饪和健身、药物和生活方式、健康和酒精……人们平时谈论的就是这些。这就是他们想要的东西。几乎没有人关心自然世界。大多数人能滔滔不绝地叫出许多足球运动员和电影明星的名字，却说不出多少种鸟的名字。

我为什么要谈到这一点呢？我认为，这一人类特性有助于我们拯救1001个物种。我们需要考虑到人类的本性，我们需要把我们的注意力从比赛结果、名人八卦和文化艺术上转移开，我们需要把注意力移向我们的星球。八卦专栏仍然可以存在，但我们可以在专栏里提到海鸠、海鹦和犀牛，而不仅仅是阿森纳队和热刺队。根据不同的濒危物种引入新的彩票投注方式。"要不要来一张海鹦彩票？7月31日开奖。""不要，我还有雪鸮刮刮卡。""你对鸟没兴趣的话，我还有猞猁彩票。年度抽奖明天开始。"我现在能听到人们在议论了。最后，我们谈到了自然："不，我要买下一轮。我刚才买海龟赢了几克朗……"

她惊讶得目瞪口呆。但乔纳斯背对着她。
"乔纳斯……乔纳斯！"
他闻言转过身来。
"你疯了！"她说，"你彻底疯了，也许你该去看心理医生。我们可以再去奥斯陆一趟，你应该见见本杰明。啊，但愿埃斯特能快点儿被解救出来。"
乔纳斯笑了，诺拉继续往下看。

  为了实现这一目标，我们需要一个线上的目录，上面列明每一种濒危动植物的基金账号，还可以为猫头鹰、猫科或熊科等濒危物种所属的门

141

类组织国际抽奖活动，甚至可以为食肉目、雁形目和偶蹄目举行规模更大的彩票活动！还可以在电视上播放！明星们会排队炫耀他们的服装。或许，人们还可以在休息期间对物种数量押注。

我们是否有理由相信全世界的人都会被这样的盛大场面和魅力所吸引？如果人们可以浪费整个午休和晚上的时间，只用来讨论11个男人如何把球踢进对方球门并获得胜利，那不难想象，人们也会很喜欢思考这世上还剩下多少狮子或黑猩猩，特别是可以赢钱，甚至还能出名。想象一下，通过这些游戏所吸引到的公共注意，人们能了解到多少关于自然的知识。

购买彩票会产生一些幸运的赢家，有的人将声名大噪：看那家伙多厉害，他买的动物彩票赢得最多。他赚到了大把的钞票，在霍曼斯拜恩买了一套两层楼的公寓。

"不，乔纳斯。我觉得这太过分了。"
"你还没有看完。"
"这么多内容，不可能是今天写完的。说不定是你从网上抄来的，然后把它们拼凑在一起，是不是这样？"
乔纳斯笑了笑，但并没有回答她的问题。

你可能认为我在和魔鬼做交易,但我只想和人类达成共识。我想这个计划可能会引起轰动。如果某些时候成年人的行为像猴子或婴儿,那会是什么样子呢?实际上我们就是从这两者发展而来的。我们需要某种竞争,因为人类喜欢这样:"还剩下多少只老虎?它们住在哪里?请您精确地回答,否则就将出局……现在的种群需要哪些措施才能生存?准备好了吗?您只有一次机会……我们到底能做什么,才能恢复老虎的栖息地?……现在请把老虎的问题放到全球背景下思考……"

要是能看点儿新鲜的新闻,不是更好吗?"某室内设计师支持114种脊椎动物……高级教师约尔特将自己的财产留给了偶蹄目动物基金会……温斯特拉的农夫卖掉了自己的小农场,把所有收益都捐赠给了狮子保护基金会……一女子把自己的养老金捐给了北极狐……在过去的一年里,谁为鸟类做得最多?周日即将举办金鸟奖电视颁奖典礼,人们翘首以盼……"

作为回报,人们可以获得一些小礼品,一些可以摆在壁炉架上的小玩意儿。如果你为驯鹿捐赠1000克朗,就能得到一个玫瑰结。你可以尽情吹嘘,这是人之常情。人们可以坐在家里,在互联网上联系别人:"你知道吗?他因为拯救驯鹿还得了一条黑色腰带。"这绝对是办公室闲聊的好话题。

"可是我不明白,你不可能在出门前打出这么多字的。你只迟到了15分钟,又不是10个小时。而且你没有提到气候变化。"

"接着往下看,诺拉。"

我听到你们说,我们能为气候变化做什么?难道全球变暖不是所有动植物面临的最严峻的威胁吗?没错,正因如此,所以我们需要补充一下,筹集到的资金中有35%将被用于风能、太阳能、核能等可替代能源的研究和减少排放等方面,相当于增值税。也许就是这么简单,减排不再是问题,它已经成为新国民运动的一部分。

我想说的是:一味地唤起人们的内疚心理,让他们良心发现,最终毫无意义。如果你对地球有十亿分之一的责任,你能做什么?出于人性不同的考虑,这意味着我们不可能做到步调一致地前进。利用我们对动植物的兴趣,才是更可取的办法,比如兰花和甲虫,蝴蝶和虎皮鹦鹉,雀鸟和鹦鹉,玫瑰、红醋栗和杜鹃花,猫和狗,蛇和鬣蜥,还有老鼠。也许每个人的兴趣迥然不同,但是当你捐款给玫瑰或鹦鹉基金时，你就是在减缓全球变暖。

最后，我想亲自感谢诺拉·尼鲁德，是她启发我坐在电脑前修改我上周四在学校发表的这篇论文。题目是"为了生物多样性，我们该如何唤起广泛的社会责任？"。

乔纳斯·海姆利
2012 年 12 月 11 日，星期六

诺拉抬起头："你们老师怎么说？"

"她说很有趣，还说我的遣词造句很好，朗读得也不错。但我只得到了 B，她没给我 A，唯一的原因在于结论有点儿'不切实际'。她还说，我的想法很新颖，只是不太现实。"

"我的想法也差不多。"

他们默默地坐了几秒钟。

"等一下……"乔纳斯说，眼睛睁得大大的，"忘掉旅行手册、转账捐款这些事吧。我想到怎么做了！"

"什么意思？"

"游戏。"

"嗯？"

"就是那种绿色的自动售货机，遍布全世界的那种……机场有，街角有，地铁站也有。刷卡即可使用。输入你想要资助的物种的代码，即从 0001 到 1001 的数字后，屏幕

上就会出现这个物种的视频。这是一种按次付费的系统,人们可以看到他们所赞助的动物,还可以通过玩游戏来赢钱。设计有趣的环保游戏应该不难,我们可以称之为游戏化……"

诺拉叹了口气:"你以前也这么说过。"

"不,我没有!我刚刚才想到。"

她又叹了口气:"那一定是我梦到过。"

她的目光越过他,变得幽远起来。

"诺拉?……诺拉!"

她的眼睛中又有了焦点:"对不起,乔纳斯,我控制不了自己。"

美丽的周末度假屋

诺娃把指甲涂成了红色，穿行于桦树林中。她在想，去树林前涂指甲油感觉傻里傻气的。她在那里不会碰见任何人，此外，干活儿也要用手。

她来到从前高原上的那片树林中，向山上的农场走去。很久以前，这片高原上没有树。从仲夏到九月，山羊和奶牛一直在这片土地上吃草。猪在谷仓后面生活，母鸡在院子里跑来跑去。整个夏天，绵羊在山里自由自在地游荡，自给自足，不需要人看顾。现在放眼望去，这个地方尽是森林。

传统的山地牧场不仅过时了，而且简直已经被大自然吞噬了。但那些农舍仍然矗立在杂草丛生的石墙后面，就像一个个诱人的世外桃源。一些建筑一直有人维护，用作周末度假屋，还有些人家打理着老院子，防止那里长出灌木和大树。

她在白色的树干之间大步地穿行，跳过潺潺流淌的小溪。这片森林里有很多秘密，而她可能是唯一知道这些秘密的人。她听到灌木丛中响起一阵窸窸窣窣的声音，接着就发现了一只鹿。那一定是一只小鹿。有那么一秒钟，那只动物一动不动地站在那里，打量着她。下一刻，它就消失了。

她又走了一会儿，终于来到了老木屋前。她本打算进去的，但走到近处时，透过窗户，她发现里面已经有人捷足先登了，正是曾祖母。

毫无疑问，那是小女孩时期的曾祖母，诺娃见过曾祖母在她这个年纪时的许多照片和视频。她看见小屋里还有个十几岁的男孩。

她马上轻手轻脚地走开了，不愿打扰他们。

阿拉丁的戒指

阿拉丁的戒指

乔纳斯把手伸到桌对面,抚摸着诺拉手上的红宝石戒指。他说:"给我讲讲戒指的事吧。"

"你要听我梦里的戒指,还是想听阿拉丁故事里的戒指?"

"不,是现实生活中的戒指。"

诺拉告诉他,这枚戒指在她家代代相传,已有100多年了。诺拉的曾祖母叫西格丽德,曾祖母的姐姐苏妮娃将这枚戒指送给她。苏妮娃移民到了美国,和波斯的一位地毯商订了婚。只是,这是个悲伤的故事,故事的结局十分凄惨。他们订了婚,苏妮娃收到了那枚漂亮的戒指作为信物。可几个礼拜后,她的未婚夫伊斯梅尔·易卜拉欣就从一艘轮船上掉入了密西西比河,从此再也没有出现过。但是,他可能不是自己失足掉下去的,而是被人推下了船,因为他带着很多波斯地毯——即便没有一个集市所卖的那么多,也有一大堆,然而它们在有人上报商人失踪的消息之前就凭空消失了。事情发生后,苏妮娃不愿继续留在美国,回到了仅离别一年的"故乡"。她只带回了漂亮的红宝石戒指,以及满腹的悲伤。她的心都碎了,因为她是如此深爱那个魅力不凡的波斯人。她那么爱他,以至于有些人怀疑他们原定的婚礼是否明智,有人悄悄议论他们二人"不合适"。但戒指是真实的,那么神秘,那么独特。据传,它曾经属于阿拉丁,就是《一千零一夜》中的阿拉丁。反正苏妮娃是这么说的,直到她因肺结核而去世的那一天,她仍然坚持这个说法。从美国回来后,她终身未婚,也没有孩子。即使在人生的最后时刻,没有子嗣一事仍是她的一块心病,这种痛苦使她把心思放在家庭上,她只希望自己在后辈的心里占有重要的位置。于是,她每天都在编织和刺绣,诺拉的母亲继承的那些绣有童话故事情节的靠枕就出自苏妮娃之手。当然,还有那枚红宝石戒指。它坚不可摧,在家族里代代相传。

乔纳斯举起诺拉的手,更加仔细地看那颗红宝石。"真美……我感觉到它真的很古老,来自久远的年代。"他抬头看着她,"但是,你真觉得这是童话里的那枚戒指?你说的阿拉丁,是拥有神灯的那个人?"

她点了点头:"苏妮娃因肺结核去世时年仅38岁,戒指是她那份刻骨铭心的爱情的唯一纪念。反正你不会把这样一枚特别的戒指随便送给不相干的女人,或者说,我不相信你会这么做。伊斯梅尔向她保证过这戒指有1000多年的历史。"

"他这话可能说得有点儿夸张,也许苏妮娃太好骗了?"

诺拉坚定地摇摇头:"50年前,一位挪威珠宝商,也是一位东方宝石专家,曾鉴定过这枚戒指,他证实戒指至少有几百年的历史。他说,这是一件古董,按理说应该放在伊朗国家博物馆里保存。他可以确定这颗颜色像鸽子血的红宝石来自缅甸。"

"来自缅甸?那就不是从童话故事里来的了。"

"伊斯梅尔来自伊朗的某个王朝,他们的家族故事可以追溯到几百年前。800年前,真的有一位住在波斯的阿拉丁。这个名字的意思是'崇高的信仰',他每天祷告,忠实于他的信仰,用这样的方法战胜了一个邪恶的巫师。那个巫师想杀死阿拉丁,因为阿拉丁在追求一个漂亮的姑娘。他用计从巫师那里骗来了一枚魔法戒指,这枚戒指保护了他,巫师所有的黑魔法都伤不了他。"

乔纳斯清了清嗓子:"他就是童话里的那个阿拉丁吗?"

诺拉摇了摇头。"不一定。居德布兰河谷有个人叫皮尔·金特,但他就一定是戏剧家易卜生作品里的皮尔·金特吗?不一定!我现在坐在这里,手上戴着的戒指曾经属于13世纪的波斯国中一个叫阿拉丁的真实存在的人,我是没什么意见的。顺便说一句,如果我那理智的母亲是对的,也许还有另一种解释。"

"说下去。"乔纳斯说道,"我还是倾向于理智的结果。"

她直视着他的眼睛:"她认为,假如这枚戒指确实来自一个叫阿拉丁的人,也是可以想象的。当然,那个人的名字也可能来自童话故事中的阿拉丁。毕竟,没人知道那个故事流传了多久。"

"这听起来令人信服,我想我同意你妈妈的看法。"

"但是,苏妮娃从美国回来后,还告诉了家人一件事,你知道,她到死都相信她说的事是真的。这还是要从《一千零一夜》说起。"

乔纳斯看了看手表,她知道为什么,再过几个小时天就黑了。尽管如此,她还是接着说道:"在童话中,戒指两次救了阿拉丁的命。第一次,他被关在一个山洞里,于是他双手合十祈祷。一个精灵出现了,将他带出了山洞。第二次,他的整个宫殿,连同他的妻子和仆人,都被坏人施魔法搬到了非洲。在那儿,阿拉丁站在河边,悲痛欲绝,双手合在一起做了最后的祈祷,准备做完祷告就跳进河里结束自己的生命。但当他双手合在一起时,他触摸到了戒指,精灵再次出现,它可以让阿拉丁和他心爱的公主团聚。可惜,精灵不能撤销已经发生的一切,也没有能力把整座宫殿搬回来,只有灯神能做到这一点,而灯神在非洲。不过戒指可以实现阿拉丁的愿望,送他回宫殿。"

"是的,我记得。"乔纳斯说。

"苏妮娃一直说这枚戒指能满足三个愿望,其中两个已经用掉了。她在弥留之际仍然深信,佩戴戒指的人,在紧急情况下借助戒指还能实现一个愿望,但只有一个。苏妮娃一辈子都没有什么非实现不可的愿望,即使是在她面对死亡的时候。所以,她没有用掉戒指的最后一个愿望。

当时,她认为最好还是把这个机会传给别人,等有一天有了迫切的需要,那个人就可以让戒指来帮忙拯救世界。"

乔纳斯从桌边站起来,开始来回踱步。最后,他指着诺拉说:"你继承了这个最后的愿望?"

她看着他,点了点头。"但我已经用过了,乔纳斯。"带着些许无奈,却也有种奇妙的得意之情,她接着说道:"三个愿望都用光了。我用了最后的机会。好吧,当然不是现在,而是在70年后,我有一个强烈的愿望,一定要让这个世界得到第二次机会的愿望。可惜的是,对于戒指来说,这个愿望太大了,无法满足。于是我就问,能不能把我送回世界还有机会的时候。接着,嗒嗒,我就来了,还遇见了你。所以我们现在才在这里,乔纳斯。不会再有其他机会了。阿拉丁的戒指已经没有魔法了,我很确定。"

乔纳斯摇了摇头,说道:"我不知道该相信什么。"听起来他很绝望。

"但也许这不是最重要的。"

"什么意思?"

"最重要的是你必须相信。"

诺拉向窗外望去。她看见一个和她年龄相仿的女孩穿过了院子。她看不清这个女孩的面庞,但她的动作有些莫名的熟悉。

她吃惊地跳了起来,跑到前门,把门打开,喊道:"喂!"

乔纳斯走到门口,想看看诺拉在喊谁。

"是诺娃,"她说,随手关上了门,"她从这里路过。你没看见她吗?"

"我什么也没看见。"

"她就是我梦到的那个人。她就是我梦见的自己。"

乔纳斯紧紧抓住诺拉的肩膀:"你不会是告诉我,你看到自己的曾孙女走过去了吧?"

"是的,我看见了!"

"可是诺拉……"

"嗯?"

"你为什么不用手机给她拍张照片?"

她想了想这个问题。然后,她说:"也许这不是重点。"

"是吗?"

"重点是我刚才真的看到她了。"

国际气候法庭

现在是夏天，诺娃穿着一件红色的连衣裙。她将作为证人，前往海牙国际气候法庭。这是她第一次出国。

她和男孩走过小镇。男孩穿着一套深色西装和一件白色衬衫，看起来有点儿像政治家。他也要去做证，这才穿上了自己最好的衣服。

四周高楼林立，他们穿过一个大广场，那里有十几头骆驼。可能这里以前是个停车场。现在仍有一些四轮车辆驶过，只是数量并不多。骆驼被拴在树上，汽车则停在充电站边上。

许多年前，国际气候法庭命令个别国家拿出其石油基金的97%，用于修建堤坝和消除贫困等项目。这个阿拉伯男孩所属的酋长国也收到了类似的判决。做出破坏的人正在为他们的行为付出代价。化石燃料的快速消耗就像在全球范围内盗窃，国家受到了如此严厉的惩罚，是因为该国的石油公司从焦油砂中提取石油，造成了大面积的污染。该公司在辩护中称，即便他们不这么做，别人也会做，还可能造成更严重的污染。每个国家在为自己辩护时用的都是这套说辞：我们不做，别人也会做。

他们登上大厦的台阶，走向宏大的法院，他们将在那里的国际气候法庭做证。每个人的眼睛都在盯着他们。孩子们在他们经过时向他们抛撒花瓣。

在通往法庭的走廊里，他们接受了一家电视台的采访，被问到为什么会被传唤做证。她看着镜头，说："我们是年轻人。我们必须证明，气候危机不是国家之间的冲突。大气层只有一个，从太空中根本看不到国家的边界。这是两代人之间的冲突，受害者是今天的年轻人。"

她能感觉到男孩捏了捏她的手。她不确定他这样做是因为他同意她的说法，还是因为他觉得她用词得当，或者仅仅因为他们正共同参与一项非常重要的任务。

他看着镜头，说："我们都来自石油国家，我们的国家曾在突然之间变得非常富有。但我所在的酋长国，因天气炎热而发生了可怕的干旱，我们不得不逃离那里。我们已经没有祖国了，所有的地方都被沙漠掩埋了。"

诺娃抬头看着男孩，笑了笑。然后，她再次看着镜头，补充道："这个年轻人是当今世界的气候难民，像他这样的难民有成百上千万。"

滑雪手套

诺拉和乔纳斯开始整理小木屋。她关上了炉门，他把桌面擦干净。他问，他是否可以和她一起回家。或者说，那个阿拉伯男孩是否依然住在儿童房里？

她咯咯笑着，敛去笑容后，她的神情严肃起来。她握住乔纳斯的双手，注视着他的眼睛，说："今天不方便，乔纳斯。我睡觉前还有件事要做……我得写点儿东西。最后的期限就要到了，有件东西我必须在 16 岁之前寄出去。"

她把所有打印出来的文件和剪报放回文件夹，再塞进口袋，乔纳斯也把他的演讲稿折了起来。他说："对于如何拯救 1001 种动植物这件事，我真希望能有更好的答案。我不应该用我在学校的演讲稿。"

"我觉得很有趣，乔纳斯。"

当他们滑雪下山，到达山脚下的布雷亚湖时，他们说了再见，准备各回各家，乔纳斯往西南，诺拉往东南。乔纳斯不知道她要给谁写信，会是他认识的人吗？

但诺拉守口如瓶，只说也许有一天他会认识那个人。

突然，一个东西引起了他的注意。他指着她的红色滑雪手套，说："我们刚来的时候，你的手套是蓝色的。"

她顽皮地点点头。

"那副手套呢？"

她举起自己的手套说："就在这里呀……"

他摇了摇头，诺拉脱下了手套，当着他的面把手套从里面翻到外面，把两面都戴了戴。一面是蓝色，另一面是红色。

他拥抱了诺拉，说："一路小心。请不要……往那儿看。你不能迷路，诺拉，你可不能在那儿迷失方向。答应我！你可不能……就这样从这个世界上消失。"

动物园

诺娃与阿拉伯男孩站在一辆拥挤的有轨电车里，准备出城。车厢内十分闷热。他们都穿着牛仔裤和鲜艳的T恤，根本看不出男孩来自一个酋长国。

他们在一个大动物园的入口处下了车。大门上方有一个很大的红色招牌，上面写着："国际动物园，免费参观。"海牙国际动物园属于全世界人民，已被联合国教科文组织列入《世界遗产名录》。

他们刚走进动物园大门，就看到了一望无际的草原。狮子和老虎自由地漫步，此外这里还有羚羊、鹿、食虫动物、啮齿动物、有袋动物和灵长动物。乍一看，你会觉得它们很温顺，但诺娃知道，它们不是真正的动物。它们是全息图像，并非血肉之躯，只是激光束。

那些动物的色彩、动作和形状都非常逼真。突然，一只袋鼠跳到了他们的前面。一头黑豹正在草原上疾跑，鸽子和猛禽在空中振翅飞翔。但它们不是活生生的动物，只是虚拟的图像。它们对彼此或人类都没有威胁。出于同样的原因，它们也不会发出半点儿声音。它们也几乎不需要护理，不需要给它们喂食或检查虱子等寄生虫。并且，它们也不会在灌木丛中排便。

男孩把右胳膊搭在诺娃的肩膀上。在动物园中穿行就仿佛回到了过去,仿佛回到了伊甸园里。

世界政府选择在海牙建造国际动物园并非偶然。国际动物园被设在国际气候法庭所在的地方,作为栖息地遭遇破坏的证据。动物园里那些能动能飞的动物模型,连同它们赖以生存的栖息地和生态系统,早已从地球表面消失了。动物园里的植物也是虚拟的,许多树木都灭绝了。只有他们走过的草地是真实的。诺娃弯腰系鞋带,一只小蚜虫进入了她的视线,它也许是真的,不过也很难说。

一只固执的豺挡住了他们的去路,阿拉伯男孩用膝盖一顶,想把它推到一边,但它只是一个幻影。

他停下来,让豺跑过去。他抚摸着它的脑袋,让它的棕色皮毛从指缝中滑过。然后,他问道:"这个动物园是用来给我们带来快乐的,还是只是一个可怕的提醒?"

她用手拍了拍他的上身,抬头看着他:"这虽然是一种令人不快的回忆,却是对大量已灭绝物种的必要回忆,不容我们忘记。"

身份认同

天色渐渐昏暗下来。诺拉滑着雪穿过白桦树林，经过了停车场。然后，她继续沿着没有撒过防滑沙的山路向下滑去。

接着，她看见了曾在农场里见到的那个女孩。女孩离开大路，向森林里走去，胳膊下夹着一台闪着蓝光的仪器。这一次诺拉终于看清了她的面庞，虽然只有一瞬间，但她觉得那个女孩和自己颇有几分相似。

在梦里，她就是那个女孩，不过她并不曾端详过自己的脸。她从来没有照过镜子，真糟糕！

她滑到一边，艰难地走到女孩过马路的地方。她继续向前走到空地上，看见雪地上有深深的脚印。但那个女孩已经消失得无影无踪了。

天色越来越暗，不过还没有黑得伸手不见五指。今晚没有月亮，但有越来越多的星星出现在天空中。

她曾经在某个地方看到过这样的描述，太阳与离其最近的恒星之间的距离也有约 4.3 光年，那颗恒星名叫半人马座 α 星。如果以大型喷气式飞机的速度飞行，要花 500 万年才能到达。

而她所在的行星似乎距离太阳更近，也更脆弱。

她想起了红盒子里的一篇文章，内容大概是人要勇敢尝试，要敢于超越自己。现在，那篇文章就在口袋里的一个塑料袋里，可是，天太黑了，什么字也看不到，她也没带手电筒。她想起自己的曾孙女也曾带着终端机来到这片空地，于是诺拉脱下手套，拿出手机。有句话她记得特别清楚："我们的道德地平线有多远？"。她在互联网上搜索起来，想找找那句话的出处。不到一秒钟，文章就出现了。

我们的道德地平线有多远？说到底，这是一个关于身份认同的问题。人是什么？我是谁？如果我只是我，只是坐在这里写作的一个肉体，那我不过是一个没有希望的造物。从长远来看，确实如此。但是，我有一层更深刻的身份认同，这个身份超越了我的肉体，也超越了我在地球上的短暂生命——有一个比我更伟大、更强大的存在，而我是这个存在的一部分，并参与其中。

假如给我两个选择，第一，我在此刻死去，而人类在我之后还能继续生存几千年；第二，我可以健健康康地活到100岁，而整个人类届时也将和我一起死去，那我将毫不犹豫地选择立即死去——这不算牺牲，因为我所认为的"我"在某种程度上代表了全人类。我害怕失去这一部分的我。一想到它可能发生,我就会感到不寒而栗。比起自己的生死,我更害怕人类在 100 年或 1000 年后消失,毕竟,我终归是要死去的。

有时我确实会在思考时代入我居住的这颗星球,它也是我的一部分。我担心这颗星球的命运,因为我害怕失去自己身份认同中最核心的部分。

文章没有署名,诺拉站在那里,琢磨着谁可能写出这样的文字,作者是男是女?然后,她不禁大笑起来。整篇文章都讲述着一个比个人更伟大、更强大的存在。

也许正因如此,文章的作者才没有署名!

地球

诺娃和那个阿拉伯男孩坐在一艘宇宙飞船里。他们积极地为自己的地球和人类福祉工作，赢得了一个国际大奖，奖品是绕地球飞行12圈。

狭小的舱室里只有他们两个人。他们不需要担心任何技术上的问题：飞船是由电脑操纵的，他们所要做的就是坐下来，享受旅行。

他们俯视着自己的星球。他们都看过100多年前"阿波罗号"执行任务时拍摄的照片。现在，地球已经面目全非了。很多区域都被云层和风暴遮住了，这与他们在地面上的所见所闻是一致的。这颗曾经看起来像蓝绿色大理石的星球，现在更像一个颜色暗淡的毛线球。

尽管覆盖着厚重的云层，但从太空观察地球时，仍然感觉很不可思议。云层之间，他们还是可以看到一些绿色、棕色和蓝色的斑块。那是非洲，还有印度、中国和日本……

最令她惊讶的是四周静谧无声，他们能听见的唯一声音是对方的呼吸。此外，她甚至相信听见了他的心脏的跳动，也许她听见的是自己的心脏在跳动。

此刻，男孩正微笑着看看她。

"你真美。"他说。这使她感到有点儿不好意思，于是便低头向下看着地球。她看着那个创造了她的世界，想把那句夸赞转送给美丽的地球，借此来改变话题。然而，地球的美已经不复存在了。

　　现在，地球上没人能看到他们。他们完全沉浸在这个世界里。在她看来，与朋友共处一艘小小的宇宙飞船，说不定是最亲密的共度时光的方式了。

　　在太空中，白天和黑夜只会持续几个小时。他们已经看了十二次日落和十二次日出，而且，在云层之上，天空始终是蓝色的。

屏幕上的信

诺拉和父亲共进了晚餐，然后道了声"晚安"就回到自己的房间。吃饭时，父亲一直念叨着不许诺拉再戴红宝石戒指滑雪。想想看，要是把戒指掉在雪里怎么办？

听说她戴着红宝石戒指去见乔纳斯，父亲大吃了一惊。毕竟，摘手套呀，把手伸进口袋掏手机看短信呀，都有可能弄丢戒指。他们不是告诉过她戒指还有点儿松吗？正因如此，才要等她满16岁时给她这枚戒指。

现在，诺拉坐在蓝色阁楼房间里的电脑前。她写完了那封给曾孙女的信，还把它上传到了她的环保小组的博客上。在写信的过程中，她一再地记起了诺娃在互联网上找到的文章，但信中的绝大多数内容都是她从头开始写的。她把自己写的东西又读了一遍：

亲爱的诺娃：

我不能想象，当你读到这封信时，世界已经变成了什么样子。但是你知道，你知道气候遭到了怎样的破坏，自然遭遇了怎样的蹂躏，你也许还知道哪些动植物已经灭绝了……

屏幕上的信

我给你写这封信时心情很沉重。给生活在地球上的几代后的人写信,确实很不容易。而且,知道收信人是我的曾孙女,我更难受了。但我会尽可能真诚而又郑重其事地写这封信。

我生活在世界上最富裕的角落,在这里,只有一件事是重要的,我们称之为消费。在其他社会中,人们谈论更多的则是生活必需品。使用"消费"这样的词,我想是因为我们不想看到任何事物都有上限,就像杯子永远不会装满才好。现在很少使用"足够"这个词了,而"更多"则取而代之,挂在人们的嘴边。

你比我更清楚这样下去的后果是什么样的。但北极的冰层已经开始减少,而寻找更多石油和天然气的行动正在进行。政治家们说,我们必须找到地球上的最后一滴石油,因为世界需要更多的能源。他们说,世界需要更多的石油和天然气来帮助更多的人摆脱贫困。但是,他们在撒谎。他们很清楚,他们做这一切并不是为了穷人的利益。他们比任何人都明白,富有国家消耗着更多的石油和天然气,这只会让贫穷的国家变得更糟。石油公司和最富有的国家都想要更多的利润,更多,还是更多,多多益善。没有任何政治家愿意留存剩余的石油和天然气储备,不再进行挖掘。

民众也没有这方面的意愿。我们是自私的一代,我们是野蛮的一代,几乎没有人想过我们的后代可能也需要能源。我们很少使用"节约"这个词。然而,"环保意识"和"碳中和①"这样的词在报纸上出现得越来越多。我们发明了一种毫无意义的语言,其与现实毫无关系。

真的没有希望了吗?也许是,也许不是。我能做的只有问出这个问题,而答案自在你心里。

我没有太好的办法给你,只能把我能想出来的最好的想法告诉你。试着想象一下这个场景:无论人们走到哪里——比如山区和森林,集市广场和街角,又或者地铁站和机场,所有地方都安装了一种绿色的自动售货机。刷一下卡,就能看到来自世界各地最美妙的自然图像。有些人想仔细看某种植物或动物,有些人想看某个生态系统或栖息地。重点是,你可以只看你愿意资助的自然界中的动植物。可以在全球安装数百万台这种机器,所赚到的钱则用来拯救我们的地球。我们还可以设置一些比赛和抽奖,让环境保护活动变得更有趣。

也许一种新型的自动售卖机让是这个世界变

---

① 碳中和,指计算二氧化碳的排放总量,通过植树等方式把这些排放量吸收掉,以达到环保目的。

好的最大的希望，尽管承认这一点让我很难受。

但是，假如否认人性的现实，我们将一事无成。

关于未来，我还有很多不知道的事。我只知道自己必须为创造未来做出些贡献。也许我已经迈出了第一步。

祝福你，以及你生活的这个世界。

爱你的

曾祖母诺拉·尼鲁德

时钟响了12下，她的生日到了，现在是2012年12月12日。分针已经走过了12，却没有发生任何具有戏剧性的事，她不由得有些惊讶：加油站里的汽车没有撞在一起，屋顶上的雪没有落下来，书还好端端地待在书架上。

没过多久，她就收到了本杰明的短信。

我这里一切都好。几分钟前，肯尼亚的士兵把埃斯特救了出来。她状态很好，刚才还打来了电话。感谢你一直在精神上支持我！祝好，本杰明。

又及：她受到了良好的对待，可以坐在外面，也没有被捆绑。她还和绑匪玩过掷骰子！我刚刚去慢跑了一圈。本。

诺拉如释重负地松了口气,感觉到眼角里有一滴泪滑落。她拨了本杰明的电话,电话接通了。

"是你吗,诺拉?"

"我肯定埃斯特会在 12 月 12 日重获自由。"

"为什么?"

"世界进入了一个循环,我们已经跨入了一个新时代。"

"但是,为什么呢?"

"我想您没有耐心听我解释原因,可今天是我的 16 岁生日。"

"生日快乐!"

"谢谢。"

"很高兴你打电话来,诺拉,但你可能要稍微等一等,一会儿再打过来……"

"那我现在告诉您一件事吧。事实上,是我有事想问您。"

"好吧!但最好长话短说。"

"我仍然梦见我是自己的曾孙女……而现在,我竟然在现实里见到了她。您确定我没生病吗?"

"你没病,诺拉。再说了……"

"是吗?"

"也许你比大多数人都要健康。也许应该有更多的人像你一样。"

"为什么?"

"我们必须更多地想着我们的后代,更深刻地认识到谁将继承这个世界。"

"说得好!"

"还有什么要问我的吗?"

"是的……您耳朵上为什么戴着一颗星星?"

他笑着说:"是我妻子 30 多年前送给我的,当时埃斯特出生才几天。"

"有意思!"

"埃斯特的意思就是'星星'。它不是普通的星星,而是启明星,或者叫金星。"

"我真笨!"

"为什么这么说?"

"因为我没猜到。"

"再见,诺拉。"

"再见,本杰明。"

"等一下!"

"怎么了?"

"你介意免除我的保密义务吗?"

"我为什么要介意?我没什么好隐瞒的。"

"很好。我会把你的问候转达给埃斯特。你让我想起了她像你这么大时的样子,你们有着同样强烈的好奇心,同样坚定的决心。"

"我很高兴。请代我向她问好!"

"严格来说，作为医生，我不能谈论病人的情况。"

"可我说过您可以。如果您能代我向她问好，再给她讲讲我们讨论过的事，就太好了。顺便说一句，您没给我开过任何处方，刚刚还证实了我也不需要任何药物，所以，我还算不上您的'病人'。"

"也许你说得对。"

"您是我的朋友，本杰明。"

他笑了。"再见，诺拉。"

"再见！"

诺拉上了床。从她最后一次躺在这张床上到现在，她感觉像过去了一个世纪那么久。

也许是因为回到了早上醒来的床上，她立刻想起了昨天夜里梦中的一个重要场景。

逻辑上的漏洞

清晨，大雨倾盆而下。诺娃坐在红色房间里的床上，看着终端机的屏幕。她以为只有她一个人，可很快，她意识到曾祖母正站在窄窗前，望着山谷。她咳嗽了一声，好让曾祖母知道她不是一个人在房间里。老妇人转向她，温柔地说："怎么了，我的孩子？"

她大声地读着她刚找到的信。

我不能想象，当你读到这封信时，世界已经变成了什么样子。但是你知道……

曾祖母后退了一步。她在空中挥动了一下左臂，手指上的红宝石戒指闪闪发光，仿佛是在展示她的力量。她说："你终于找到我写给你的信了。"

"但是，那些绿色的自动售货机怎么样了？有没有安装？"

曾祖母端详着她，直截了当地回答道："不能说！我不能说，诺娃。因为不管我说什么，逻辑上总有漏洞。"

"如果我问你我的曾祖父叫什么名字，在逻辑上也有漏洞吗?"

老妇人几乎是扭扭捏捏地低下头。

"难道你忘记了?"她问道,"就在不久以前,你还坐在他的膝上玩耍呢。但你现在提到的那个男孩叫乔纳斯,来自罗村。"

"乔纳斯……"

"我不是告诉过你,我们过去常常滑雪到那个旧农场见面吗?那时候,我们总说'山里','山里'见。"

"没错,是的。现在那里长满了树。"

曾祖母诺拉严厉地瞪着她,提醒她注意言辞:"小心!逻辑上又出现了一个漏洞,因为现在的世界有了第二次机会。"

她又挥了挥手臂,红宝石闪动着璀璨的光芒。

曾祖父

诺拉久久地躺在床上，聆听着冰冻的墙壁不断地发出的嘎吱声和噼啪声。她刚一睡着，梦中就有一只红色的小鸟在啄窗户，想要进来。梦是那么真实，啄窗的声音是那么大，她猛地惊醒过来。她打开床头灯，抓起她的新手机，看到了一条短信。是短信把她吵醒的，还是因为墙上结的冰？

短信是乔纳斯发来的。

醒着吗？

她输入："是的。你把我叫醒了。"

生日快乐！
谢谢，乔纳斯。
我看过了。
看过了？看过什么了？
你写的东西呀，你放到博客上了。
哇！我还以为要到 70 年后才会有人看呢。可不可以在电话里说？

一秒钟后，她的手机响了。

"非洲的事情已经解决了，你知道了吧？"他说。

"是的，我知道了，谢谢。我和本杰明通过电话了。他当然很开心……你知道他耳朵上为什么有颗星吗？"

"我从不害怕黑夜，因为星星会给我带来光明……"

"别开玩笑了，乔纳斯。"

"那你说吧！"

"那颗星是他妻子在埃斯特出生的几天后送给他的。还有，埃斯特的意思是'星星'。"

诺拉停了一下，乔纳斯抓住机会再次祝她生日快乐，还夸她放在网上的信很棒。他特别高兴的是，她写到了他提出的绿色自动售货机。接着，他咳嗽了一声说道："结尾的话让我印象深刻：'关于未来，我还有很多不知道的事。我只知道自己必须为创造未来做出些贡献。也许我已经迈出了第一步。'"

"是的，这是我写给我的曾孙女的。"

他又咳嗽了一声。"我也愿意为她效劳。"

她笑了。她笑得太大声，以至于突然很怕会吵醒楼下的父亲。于是她对着手机低声说："那就去做吧，乔纳斯！"

接着，他突然大笑起来。

"你真有趣。"他说。

"很多事情都很有趣。"

"也许我们长大后也不一定会成为曾祖父、曾祖母。"

她又笑了:"老实说,我还有很多事想做。夏天我打算骑车去卑尔根。你想去吗?"

"如果你愿意和我一起坐火车去罗马的话。"

"你保证?"

"我保证!"

"我也是。我们现在就来计划一下吧。能不能经由荷兰去罗马?"

"当然。荷兰人也愿意去罗马。你想去阿姆斯特丹玩玩吗?"

"想呀,但目前我想去的是海牙。"

"海牙?你是否与某个战犯约好了?"

"不是,但未来海牙将设立国际气候法庭。我想和你去那里逛一天,有些事我想弄清楚。也许我是想带你去看一看那里大片的土地,还有公园……"

"你勾起了我的好奇心。"

"乔纳斯,你能保证我们能够给这个星球第二次机会吗?会有很多人和我们一起努力吗?"

"当然。"

"你真的相信吗,乔纳斯?我希望你对我们正在做的事充满信心。"

"是的……"

"你是乐观主义者,还是悲观主义者?"

"我不知道,也许两者兼而有之。你呢?"

"我是个乐观主义者,乔纳斯。你知道为什么吗?我认为做悲观主义者有违道德。"

"有违道德?"

"悲观只是懒惰的另一种说法而已。我当然也会担心,但这是不同的。悲观主义者只会放弃。"

"你说的有道理。"

"我们不能放弃希望。在实践中,这可能意味着我们必须奋斗。你愿意加入吗,乔纳斯?你愿意开始奋斗吗?"

"我想你能说服我做任何事。"

"我会帮你遵守诺言的。"

"那就来吧!"

"我们可以一起看书吗?"

"看什么?"

"看汉姆生、陀思妥耶夫斯基、莎士比亚和荷马的经典作品。还有古老的故事,比如《一千零一夜》……也可以看看神话,就从希腊和北欧的神话开始吧。我想看世界之树[1]和诸神黄昏[2]的故事。我还想看卡珊德拉[3]的故事。她是一个预言家,可以预测未来,但没有人相信她……"

---

[1] 世界之树,北欧神话中连接天、地和地狱的巨树。
[2] 诸神黄昏,北欧神话中众神的末日。
[3] 卡珊德拉,希腊神话中的人物,拥有预言的能力。

"你是说读书给对方听吗？那不就是……"

"不，不，不。我们一起看书，一起沉迷在全新的世界里。我们创造一大群想象中的朋友。然后，我们可以带着这群朋友去山里散步。"

"好，一言为定。"

"明天就开始吧。我要买两本汉姆生的《神秘》。我在书店里见过这本书，书名很合我意。今天是我的生日，爸爸肯定会给我零花钱。你看过这书吗？"

"没看过。你总是带给我惊喜。"

"那很好呀。"

"也许……"

"我觉得现在是一个疯狂的时代，我的意思是，这个世界处在理性的边缘。16岁和15岁零364天大不相同。我有太多事想做了。你知道明天上学前我要做什么吗？"

"不知道。我又没有特异功能。"

"我要弄清楚这世上有多少种蚜虫。"

"疯丫头。"

"是你给了我灵感。"

"什么？我？"

"你在演讲稿里提到过。你说你想为濒临灭绝的蚜虫建立基金会，所以我一直想知道蚜虫有多少种。"

"我自己都忘了。现在，我们该睡觉了。"

"别这么扫兴，乔纳斯。你给我发短信的时候，我刚睡着，现在我完全清醒了。"

"我相信过了这样一天后，你很快就会睡着的。你爸爸不是天一亮就会叫醒你吗？他不会把葡萄干面包和柠檬水端去你的房间吗？"

"是三明治和茶，乔纳斯。我已经长大了，不要面包和汽水了。"

"那么我要说晚安了。"

"你知道我睡不着时会怎么做吗？"

"数羊？"

"不是，但也差不多。我要数蚜虫。我要闭上眼，数一数那些亮晶晶、嗡嗡飞的蚜虫。明天我来告诉你我睡着前数了多少。"

"我也会数。到时候看看我们是谁先睡着的。晚安，诺拉。明天见！"

"晚安。"

村　庄

夜色漆黑，天气却很闷热。她和三个与她同龄的男人坐在村外的土地上。借着一盏煤气灯的蓝光，她看到他们携带着自动武器。煤气灯挂在一个废弃棚屋的屋顶上。靠墙的位置放着两袋玉米，袋子上写着"世界粮食计划署"七个字。

她听到周围的灌木丛中蟋蟀喔喔的叫声。附近村子里的妇女有说有笑，一只山羊在咩咩叫，现在又传来一阵婴儿的哭声。突然，哭声戛然而止，她想象着母亲把那孩子搂在了怀抱里。

她并不害怕，但她渐渐地明白自己在什么地方了，也知道自己是谁。她成了埃斯特，是在边境被劫持的人质。

蝙蝠在煤气灯周围乱飞。她看向劫持者，他们点了点头。于是她拿起骰子，丢到红褐色的土地上。骰子来回滚动，结果停下时都是6点朝上。她窘迫地笑了一下，那些配戴着自动武器装备的人露出一脸苦相。

"你赢了！"一个绑匪喊道。

他们中间的地上放着一瓶红色的汽水和四个玻璃杯，其中一个人把水倒出来。

她抬起头。天上没有月亮,却有她所见过的最壮观的星河。她不明白,在如此美丽的天空下,怎么会有这么多的战争和敌意。她为人类感到羞耻。

蟋蟀响亮地叫着,村子里传出人们零碎的脚步声,更衬托出了夜晚的宁静。在黑暗中,这些熟悉的声音能够给人带来抚慰,也带给她信心。

但突然之间,灌木丛中有东西动了起来,枪声四起,还有人在用一种她听不懂的语言愤怒地发出命令,田园诗一般的环境被打破了。一名劫持者试图开枪,但一分钟后,他们全都躺在地上求饶,埃斯特也一样。村里的妇女们惊恐地尖叫着,婴儿又哭了起来。

有人用手铐铐住劫持者,把他们带到一辆不知从哪里冒出来的绿色吉普车前。一位身穿绿色制服的军官护住埃斯特,用流利的英语大声说道:"您的父亲本杰明向您问好!"

埃斯特

埃斯特

诺拉只睡了短短几个小时，但她醒来时，却感觉像睡了几个月似的。而且，她在梦中去了另一个地方，一个很远的地方。在电话铃响之前，也许就是在同一瞬间，她想起在梦中她成了遭遇劫持的埃斯特。

她本以为会听到乔纳斯的声音，但电话那一端传来的却是一个女人的声音。"是诺拉吗？"

"你是？"

"我是埃斯特·安东森。我在内罗毕。"

诺拉吓了一跳。

"我不明白。我刚刚从睡梦中醒来，在梦中……我变成了你。你怎么会打电话来？"

"祝你生日快乐呀！我听说你今天 16 岁了。"

"谢谢你。"

"是爸爸告诉我的，他建议我给你打个电话。我失踪的时候你一直在安慰他，我很感谢你！"

诺拉很高兴自己帮助了本杰明。她说："我告诉他可以跟你聊聊我的情况，代我向你问好。我真的很钦佩你这样的人，你们走遍各地，帮助穷人。"

她还没来得及再说什么,埃斯特就问道:"你真的梦见你变成了我?"

"当然。我经常梦见自己变成别人。有一次我梦见自己是一头大象,当一头大象……感觉怪怪的。但昨晚我梦见我是你。劫匪对你怎么样?"

"基本上还不错。我说服他们让我睡在星空下。这对他们来说无所谓,反正他们可以轮流看管我。但在晚上大部分的时间中我们都在玩骰子。"

"你赢了!"

"你怎么知道?"

"嗯……"

"诺拉,你怎么知道的?"

"劫持者后来怎么样了?他们有妻子,还有孩子……"

"他们被移交给了政府当局。是的,他们的确很尊重我。但那不是什么刺激的冒险,诺拉,我很害怕。我们不能任由援助工作者沦为人质。我们可以试着去理解恐怖分子,但绝不能原谅恐怖主义。那些年轻人可能要在监狱里待上几年才能回家。"

"你说的对……我要重新考虑一下'妻子和孩子'那部分。"

"什么意思?"

"我在新闻上看到了一张你的照片,然后我就给本杰明打了电话。我想我是从他桌上的照片认出了你。"

"但照片里的人是我妈妈,是她很久以前拍的。"

"我知道。所以你一定很像……"

电话那头沉默了一会儿。然后,埃斯特说:"经常有人说我和妈妈长得一模一样。但她在我很小的时候就去世了,诺拉。从那以后,我爸爸就只有我了。后来,他还有了我儿子卢卡斯。我被劫持的时候,我爸爸很害怕他会失去我,也许他更害怕卢卡斯小小年纪也失去了母亲。"

"我能理解,他非常担心……卢卡斯多大了?"

"8岁。他很爱他的外公,他们感情很好。"

"我能想象出他们在一起的样子!你父亲和我成了朋友,你能猜到原因吗?"

"还是你来告诉我吧。"

"首先,他了解气候问题,还参与了环境保护。而且,尽管我只有16岁,他仍然很重视我的意见。"

"可是,我在16岁时也跟他谈过相同的事。他当时并不在意,我只好给他讲解这方面的知识。"

"真的吗?这么说,你当了你爸爸的老师?"

"不,不。是他教我怎么打水漂,教我了解鸟类,教我怎么做柳叶笛、树皮船和花环。"

"那他可真是个好父亲。"

"但是,后来我加入了青年环境保护组织'自然与青年'。每次回家时,我会给他讲气候变化的知识,还会告诉他最新的进展。"

"最新的进展是什么?"

"冰川正在融化,北极地区的夏季冰量降低到了有史以来的最低水平。今年 9 月是有记录以来最热的一个月,仅在美国就出现了 1000 多个新的高温纪录。全球变暖导致的严重后果出现得比我们预期的还要早,甚至比最糟糕的预测还要严重。"

"我知道……"

"但世界无法就减少二氧化碳排放达成一致。石油生产国不可能不去开采石油,富人不愿放弃特权。我们等待他们改过的时间越长,损失就越大。"

"自然灾害肯定已经让我们付出了巨大的代价。"

"确实如此。几年前,人们说,我们是第一代影响地球气候的人,也是最后一代不必为此付出代价的人。但这句话已不再适用。我亲眼看到了后果,我亲眼看到了干旱,我还曾把垂死的孩子抱在怀里……这让我很伤心,诺拉,因为我们不是被大自然毁灭的,而是被自己毁灭的。"

"等我毕业了,我也想和你一样到实地工作。"

"也许有一天你会与我一起工作,但我很想在那之前就能早点儿见到你。"

"我不确定自己是不是像本杰明说的那样有趣。不过,至少我不咬人。"

"我下星期就回挪威了。你去过奥斯陆吗?"

"去过。不过……"

"怎么了?"

"我有个朋友,他叫乔纳斯……"

"我知道。"

"我不太喜欢他告诉你这件事。"

"谁?"

"本杰明。他应该至少遵守一点儿他的诺言。"

"没什么大不了的,诺拉。你想说什么?"

"我们在学校成立了一个小组,是本杰明建议的。如果你能来谈谈你在非洲的经历,保准学校里会有一半的学生来听。我相信到时候学校的礼堂一定可以给我们用,不行的话我们就强占。你可以给我们讲讲全球变暖受害者的情况,如果你有照片,也可以带来。"

"我很乐意,诺拉。"

"到时候你就和我们住在一起。说出来你肯定不相信,我爸爸做饭可好吃了。虽然我妈的厨艺不怎么样,但她做甜点的手艺一流。"

"听起来真不错!"

"我们有一间屋子,里面有一张大沙发和17个不同的靠枕……"

"17个靠枕?"

"每个靠枕上都绣着童话故事中的一个场景。其中一个绣着阿拉丁在地下洞穴里找到神灯的情景。没几个人记得阿拉丁还有一枚魔法戒指,但这对我的故事很重要。等我们见面了,我会告诉你一切。顺便问一下,你骑过骆驼吗?"

"骑过很多次,诺拉。"

"我只骑过一次。本杰明建议我多花些时间和阿拉伯人相处,我照他说的做了。"

"在哪里?"

"在我的头脑里……不过现在,我听到我爸爸在厨房,他马上就会上楼。他会给我端来三明治和茶,以为可以叫醒我,为我送上早餐。等我们见面,我还有很多事要和你说。我太期待了!但现在我只能假装睡着了。"

"对,这样的游戏应该你们一起玩。"

"或者,我该告诉他,埃斯特·安东森打电话给我,祝我生日快乐,把我叫醒了吗?你觉得这样可以吗?"

"当然。我的事没什么可保密的。"

"那再见了。祝你愉快!"

"你也是,诺拉!今天是属于你的日子!"